LA NOVIA FIEL

Emilia Pardo Bazán

Fue sorpresa muy grande para todo Marineda el que se rompiesen las relaciones entre Germán Riaza y Amelia Sirvián. Ni la separación de un matrimonio da margen a tantos comentarios. La gente se había acostumbrado a creer que Germán y Amelia no podían menos de casarse. Nadie se explicó el suceso, ni siquiera el mismo novio. Solo el confesor de Amelia tuvo la clave del enigma.

Lo cierto es que aquellas relaciones contaban ya tan larga fecha, que casi habían ascendido a institución. Diez años de noviazgo no son grano de anís. Amelia era novia de Germán desde el primer baile a que asistió cuando la pusieron de largo.

¡Que linda estaba en el tal baile! Vestida de blanco crespón, escotada apenas lo suficiente para enseñar el arranque de los virginales hombros y del seno, que latía de emoción y placer; empolvado el rubio pelo, donde se marchitaban capullos de rosa. Amelia era, según se decía en algún grupo de señoras ya machuchas, un "cromo", un "grabado" de La Ilustración. Germán la sacó a bailar, y cuando estrechó aquel talle que se cimbreaba y sintió la frescura de aquel hálito infantil perdió la chaveta, y en voz temblorosa, trastornado, sin elegir frase, hizo una declaración sincerísima y recogió un sí espontáneo, medio involuntario, doblemente delicioso. Se escribieron desde el día siguiente, y vino esa época de ventaneo y seguimiento en la calle, que es como la alborada de semejantes amoríos. Ni los padres de Amelia, modestos propietarios, ni los de Germán, comerciantes de regular caudal, pero de numerosa prole, se opusieron a la inclinación de los chicos, dando por supuesto desde el primer instante que aquello pararía en justas nupcias así que Germán acabase la carrera de Derecho y pudiese sostener la carga de una familia.

Los seis primeros años fueron encantadores. Germán pasaba los inviernos en Compostela, cursando en la Universidad y escribiendo largas y tiernas epístolas; entre leerlas, releerlas, contestarlas y ansiar que llegasen las vacaciones, el tiempo se deslizaba insensible para Amelia. Las vacaciones eran grato paréntesis, y todo el tiempo que durasen ya sabía Amelia que se lo dedicaría íntegro su novio. Este no entraba aún en la casa, pero acompañaba a Amelia en el paseo, y de noche se hablaban, a la luz de la luna, por una galería con vistas al mar. La ausencia, interrumpida por frecuentes regresos, era casi un aliciente, un encanto más, un interés continuo, algo que llenaba la existencia de Amelia sin dejar cabida a la tristeza ni al tedio.

Así que Germán tuvo en el bolsillo su título de licenciado en Derecho, resolvió pasar a Madrid a cursar las asignaturas del doctorado, ¡Año de prueba para la novia! Germán apenas escribía: billetes garrapateados al vuelo, quizá sobre la mesa de un café, concisos, insulsos, sin jugo de ternura. Y las amiguitas caritativas que veían a Amelia ojerosa, preocupada, alejada de las distracciones, le decían con perfidia burlona:

-Anda, tonta; diviértete... ¡Sabe Dios lo que el estará haciendo por allá! ¡Bien inocente serías si creyeses que no te la pega!... A mí me escribe mi primo Lorenzo que vio a Germán muy animado en el teatro con "unas"...

El gozo de la vuelta de Germán compensó estos sinsabores. A los dos días ya no se acordaba Amelia de lo sufrido, de sus dudas, de sus sospechas. Autorizado para frecuentar la casa de su novia, Germán asistía todas las noches a la tertulia familiar, y en la penumbra del rincón del piano, lejos del quinqué velado por la sedosa pantalla, los novios sostenían interminable diálogo buscándose de tiempo en tiempo las manos para trocar una furtiva presión, y siempre los ojos para beberse la mirada hasta el fondo de las pupilas.

Nunca había sido tan feliz Amelia. ¿Qué podía desear? Germán estaba allí, y la boda era asunto concertado, resuelto, aplazado solo por la necesidad de que Germán encontrase una posicioncita, una base para establecerse: una fiscalía, por ejemplo. Como transcurriese un año más y la posición no se hubiese encontrado aún, decidió Germán abrir bufete y mezclarse en la politiquilla local, a ver si así iba adquiriendo favor y conseguía el ansiado puesto. Los nuevos quehaceres le obligaron a no ver a Amelia ni tanto tiempo ni tan a menudo. Cuando la muchacha se lamentaba de esto, Germán se vindicaba plenamente; había que pensar en el porvenir; ya sabía Amelia que un día u otro se casarían, y no debía fijarse en menudencias, en remilgos propios de los que empiezan a quererse. En efecto, Germán continuaba con el firme propósito de casarse así que se lo permitiesen las circunstancias.

Al noveno año de relaciones notaron los padres de Amelia (y acabó por notarlo todo el mundo) que el carácter de la muchacha parecía completamente variado. En vez de la sana alegría y la igualdad de humor que la adornaban, mostrábase llena de rarezas y caprichos, ya riendo a carcajadas, ya encerrada en hosco silencio. Su salud se alteró también; advertía desgana invencible, insomnios crueles que la obligaban a pasarse la noche levantada, porque decía que la cama, con el desvelo, le parecía su sepulcro; además, sufría aflicciones al corazón y ataques nerviosos. Cuando le preguntaban en qué consistía su mal, contestaba lacónicamente: "No lo sé" Y era cierto; pero al fin lo supo, y al saberlo le hizo mayor daño.

¿Qué mínimos indicios; qué insensibles, pero eslabonados, hechos; qué inexplicables revelaciones emanadas de cuanto nos rodea hacen que sin averiguar nada nuevo ni concreto, sin que nadie la entere con precisión impúdica, la ayer ignorante doncella entienda de pronto y se rasgue ante sus ojos el velo de Isis? Amelia, súbitamente, comprendió. Su mal no era sino deseo, ansia, prisa, necesidad de casarse. ¡Qué vergüenza, qué sonrojo, qué dolor y qué desilusión si Germán llegaba a sospecharlo siquiera! ¡Ah! Primero morir. ¡Disimular, disimular a toda costa, y que ni el novio, ni los padres, ni la tierra, lo supiesen!

Al ver a Germán tan pacífico, tan aplomado, tan armado de paciencia, engruesando, mientras ella se consumía; chancero, mientras ella empapaba la almohada en lágrimas. Amelia se acusaba a sí propia, admirando la serenidad, la cordura, la virtud de su novio. Y para contenerse y no echarse sollozando en sus brazos; para no cometer la locura indigna de salir una tarde sola e irse a casa de Germán, necesitó Amelia todo su valor, todo su recato, todo el freno de las nociones de honor y honestidad que le inculcaron desde la niñez.

Un día.... sin saber cómo, sin que ningún suceso extraordinario, ninguna conversación sorprendida la ilustrase, acabaron de rasgarse los últimos cendales del velo... Amelia veía la luz; en su alma relampagueaba la terrible noción de la realidad; y al acordarse de que poco antes admiraba la resignación de Germán y envidiaba su paciencia, y al explicarse ahora la verdadera causa de esa paciencia y esa resignación incomparables.... una carcajada sardónica dilató sus labios, mientras en su garganta creía sentir un nudo corredizo que se apretaba poco a poco y la estrangulaba. La convulsión fue horrible, larga, tenaz; y apenas Amelia, destrozada, pudo reaccionar, reponerse, hablar.... rogó a sus consternados padres que advirtiesen a Germán que las relaciones quedaban rotas. Cartas del novio, súplicas, paternales consejos, todo fue en vano. Amelia se aferró a su resolución, y en ella persistió, sin dar razones ni excusas.

-Hija, en mi entender, hizo usted muy mal -le decía el padre Incienso, viéndola bañada en lágrimas al pie del confesionario-. Un chico formal, laborioso, dispuesto a casarse, no se encuentra por ahí fácilmente. Hasta el aguardar a tener posición para fundar familia lo encuentro loable en él. En cuando a lo demás..., a esas figuraciones de usted... Los hombres.... por desgracia... Mientras está soltero habrá tenido esos entretenimientos... Pero usted...

-¡Padre -exclamó la joven-, créame usted, pues aquí hablo con Dios! ¡Le quería.... le quiero.... y por lo mismo.... por lo mismo, padre! ¡Si no le dejo.... le imito! ¡Yo también...!

La primera vez que asistí al teatro de Marineda -cuando me destinaron con mi regimiento a la guarnición de esta bonita capital de provincia recuerdo que asesté los gemelos a la triple hilera de palcos para enterarme bien del mujerío y las esperanzas que en él podía cifrar un muchacho de veinticinco años no cabales.

Gozan las marinedinas fama de hermosas, y vi que no usurpaba. Observé también que su belleza consiste, principalmente, en el color. Blancas (por obra de Naturaleza, no del perfumista), de bermejos labios, de floridas mejillas y mórbidas carnes, las marinedinas me parecieron una guirnalda de rosas tendida sobre un barandal de terciopelo oscuro. De pronto, en el cristal de los anteojos que yo paseaba lentamente por la susodicha guirnalda, se encuadró un rostro que me fijó los gemelos en la dirección que entonces tenían. Y no es que aquel rostro sobrepujase en hermosura a los demás, sino que se diferenciaba de todos por la expresión y el carácter.

En vez de una fresca encarnadura y un plácido y picaresco gesto vi un rostro descolorido, de líneas enérgicas, de ojos verdes, coronados por cejas negrísimas, casi juntas, que les prestaban una severidad singular; de nariz delicada y bien diseñada, pero de alas movibles, reveladoras de la pasión vehemente; una cara de corte severo, casi viril, que coronaba un casco de trenzas de un negro de tinta; pesada cabellera que debía de absorber los jugos vitales y causar daño a su poseedora... Aquella fisonomía, sin dejar de atraer, alarmaba, pues era de las que dicen a las claras desde el primer momento a quien las contempla: "Soy una voluntad. Puedo torcerme, pero no quebrantarme. Debajo del elegante maniquí femenino escondo el acerado resorte de un alma."

He dicho que mis gemelos se detuvieron, posándose ávidamente en la señorita pálida del pelo abundoso. Aprovechando los movimientos que hacía para conversar con unas señoras que la acompañaban, detallé su perfil, su acentuada barbilla, su cuello delgado y largo, que parecía doblarse al peso del voluminoso rodete; su oreja menuda y apretada, como para no perder sonido. Cuando hube permanecido así un buen rato, llamando sin duda la atención por mi insistencia en considerar a aquella mujer, sentí que me daban un golpecito en el hombro, y oí que me decía mi compañero de armas, Alberto Castro:

-¡Cuidadito!

-Cuidadito, ¿por qué? -respondí, bajando los anteojos.

-Porque te veo en peligro de enamorarte de Afra Reyes, y si está de Dios que ha de suceder, al menos no será sin que yo te avise y te entere de su historia. Es un servicio que los hijos de Marineda, debemos a los forasteros.

-Pero ¿tiene historia? -murmuré, haciendo un movimiento de repugnancia; porque aun sin amar a una mujer, me gusta su pureza, como agrada el aseo de casas donde no pensamos vivir nunca.

-En el sentido que se suele dar a la palabra historia, Afra no la tiene... Al contrario, es de las muchachas más formales y menos coquetas que se encuentran por ahí. Nadie se puede alabar de que Afra le devuelva una miradita, o le diga una palabra de esas que dan ánimos. Y si no, haz la prueba: dedícate a ella; mírala más; ni siquiera se dignará volver la cabeza. Te aseguro que he visto a muchos que anduvieron locos y no pudieron conseguir ni una ojeada de Afra Reyes.

-Pues entonces... ¿que? ¿Tiene algo... en secreto? ¿Algo que manche su honra?

-Su honra o, si se quiere, su pureza..., repito que ni tiene ni tuvo. Afra en cuanto a eso..., como el cristal. Lo que hay te lo diré.... pero no aquí; cuando se acabe el teatro saldremos juntos, y allá por el Espolón, donde nadie se entere... Porque se trata de cosas graves.... de mayor cuantía.

Esperé con la menor impaciencia posible a que terminasen de cantar La bruja, y así que cayó el telón. Alberto y yo nos dirigimos del bracero hacia los muelles. La soledad era completa, a pesar de que la noche tibia convidaba a pasear y la luna plateaba las aguas de la bahía, tranquila a la sazón como una balsa de aceite y misteriosamente blanca a lo lejos.

-No creas -dijo Alberto- que te he traído aquí solo para que no me oyese nadie contarte la historia de Afra. También es que me pareció bonito referirla en el mismo escenario del drama que esta historia encierra. ¿Ves este mar tan apacible, tan dormido, que produce ese rumor blando y sedoso contra la pared del malecón? ¡Pues solo este mar... y Dios, que lo ha hecho, pueden alabarse de conocer la verdad entera respecto a la mujer que te ha llamado la atención en el teatro! Los demás la juzgamos por meras conjeturas.... ¡y tal vez calumniamos al conjeturar! Pero hay tan fatales coincidencias, hay apariencias tan acusadoras en el mundo.... que no podría disiparla sino la voz del mismo Dios, que ve los corazones y sabe distinguir al inocente del culpado.

Afra Reyes es hija de un acaudalado comerciante; se educó algún tiempo en un colegio inglés; pero su padre tuvo quiebras y por disminuir gastos recogió a la chica, interrumpiendo su educación. Con todo, el barniz de Inglaterra se le conocía: traía ciertos gustos de independencia y mucha afición a los ejercicios corporales. Cuando llegó la época de los baños no se habló en el pueblo sino de su destreza y vigor para nadar: una cosa sorprendente.

Afra era amiga íntima, inseparable, de otra señorita de aquí; Flora Castillo; la intimidad de las dos muchachas continuaba la de sus familias. Se pasaban el día juntas; no salía la una si no la acompañaba la otra; vestían igual y se enseñaban, riendo, las cartas amorosas que les escribían. No tenían novio, ni siquiera demostraban predilección por nadie. Vino del Departamento cierto marino muy simpático, de hermosa presencia, primo de Flora, y empezó a decirse que el marino hacía la corte a Afra, y que Afra le correspondía con entusiasmo. Y lo notamos todos: los ojos de Afra no se apartaban del galán, y al hablarle, la emoción profunda se conocía hasta en el anhelo de la respiración y en lo velado de la voz. Cuando a los pocos meses se supo que el consabido marino realmente venía a casarse con Flora, se armó un caramillo de murmuraciones y chismes y se presumió que las dos amigas reñirían para siempre. No fue así: aunque desmejorada y triste, Afra parecía resignada, y acompañaba a Flora de tienda en tienda a escoger ropas y galas para la boda. Esto sucedía en agosto.

En septiembre, poco antes de la fecha señalada para el enlace, las dos amigas fueron, como de costumbre, a bañarse juntas allí.... ¿no ves?, en la playita de San Wintila, donde suele haber mar brava. Generalmente las acompañaba el novio, pero aquél día sin duda tenía que hacer, pues no las acompañó.

Amagaba tormenta; la mar estaba picadísima; las gaviotas chillaban lúgubremente, y la criada que custodiaba las ropas y ayudaba a vestirse a las señoritas refirió después que Flora, la rubia y tímida Flora, sintió miedo al ver el aspecto amenazador de las grandes olas verdes que rompían contra el arenal. Pero Afra, intrépida, ceñido ya su traje marinero, de sarga azul oscura, animó con chanzas a su amiga. Metiéronse mar adentro cogidas de la mano, y pronto se las vio nadar, agarradas también, envueltas en la espuma del oleaje.

Poco más de un cuarto de hora después salió a la playa Afra sola, desgreñada, ronca, lívida, gritando, pidiendo socorro, sollozando que a Flora la había arrastrado el mar...

Y tan de verdad la había arrastrado, que de la linda rubia sólo reapareció al otro día un cadáver desfigurado, herido en la frente... El relato que de la desgracia hizo Afra entre gemidos y desmayos fue que Flora, rendida de nadar y sin fuerzas gritó: "¡Me ahogo!"; que ella, Afra, al oírlo, se lanzó a sostenerla y salvarla; que Flora, al forcejear para no irse a fondo se llevaba a Afra al abismo; pero que, aun así, hubiesen logrado quizá salir a tierra si la fatalidad no las empuja hacia un transatlántico fondeado en la bahía desde por la mañana. Al chocar con la quilla, Flora se hizo la herida horrible y Afra recibió también los arañazos y magulladuras que se notaban en sus manos y rostro...

¿Que si creo en Afra...?

Sólo añadiré que al marino, novio de Flora, no volvió a vérsele por aquí; y Afra desde entonces, no ha sonreído nunca...

Por lo demás, acuérdate de lo que dice la Sabiduría: "El corazón del hombre.... selva oscura. ¡Figúrate el de la mujer!"

Había una princesa a quién su padre, un rey muy fosco, caviloso y cejijunto, obligaba a vivir reclusa en sombría fortaleza, sin permitirle salir del más alto torreón, a cuyo pie vigilaban noche y día centinelas armados de punta en blanco, dispuestos a ensartar en sus lanzones o traspasar con sus venablos agudos a quien osase aproximarse. La princesa era muy linda; tenía la tez color de luz de luna, el pelo de hebras de oro, los ojos como las ondas del mar sereno, y su silueta prolongada y grácil recordaba la de los lirios blancos cuando la frescura del agua los inhiesta.

En la comarca no se hablaba sino de la princesa cautiva y de su rara beldad, y de lo muchísimo que se aburría entre las cuatro recias paredes de la torre, sin ver desde la ventana alma viviente, más que a los guardias inmóviles, semejantes a estatuas de hierro.

Los campesinos se santiguaban de terror si casualmente tenían que cruzar ante la torre, aunque fuese a muy respetuosa distancia. En la centenaria selva que rodeaba la fortaleza, ni los cazadores se resolvían a internarse, temerosos de ser cazados. Silencio y soledad alrededor de la torre, silencio y soledad dentro de ella: tal era la suerte de la pobre doncellita, condenada a la eterna contemplación del cielo y del bosque, y del río caudaloso que serpenteaba lamiendo los muros del recinto.

De pechos sobre el avance del angosto ventanil, la princesa solía entregarse a vagos ensueños, aspirando a venturas que no conocía, de las cuales formaba idea por referencia de sus damas y por conversaciones entreoídas, sorprendidas -pues estaba vedado tratar delante de la princesa del mundo y sus goces- Así y todo, reuniendo datos dispersos y concordándolos con ayuda de la fantasía, la secuestrada suponía fiestas magníficas, iluminaciones mágicas suspendidas entre el follaje de arbustos cuajados de flor y que exhalaban embriagadores aromas; oía los acordes de los instrumentos músicos, aladas melodías que volaban como cisnes sobre la superficie de los lagos y veía las parejas que, cogidas de la cintura, luciendo sedas, encajes y joyas, danzaban con incansable ardor, deslizando los galanes palabras de miel al oído de las damiselas, rojas de pudor y felicidad, sueltos los rizos y anhelante el seno.

Mientras la princesa se representaba estos cuadros, las nubes se teñían de carmín hacia el Poniente, un murmullo grave y hondo ascendía del río y del bosque, y la cautiva, oprimida de afán de libertad, murmuraba para sí:"¿Cómo será el amor?"

Allá donde la montaña escueta dominaba el río y el bosque, una cabañita muy miserable, de techo de bálago, servía de vivienda a cierto pastorcillo, que por costumbre bajaba a apacentar diez o doce ovejas blancas en la misma linde de la selva. Más resuelto que los otros villanos, el mozalbete no recelaba aproximarse al castillo y deslizarse por entre la maleza con agilidad y disimulo, para mirar hacia la torre. Después de encontrar un senderito borrado casi, que moría en el cauce del río, logró el pastor descubrir también que al final del sendero abríase una boca de cueva, y metiéndose por ella intrépidamente pudo cerciorarse de que pasando bajo el río, la cueva tenía otra salida que conducía al interior del recinto fortificado. El descubrimiento hizo latir el corazón del pastorcillo, porque estaba enamorado de la princesa (aunque no la había visto nunca). Supuso que aprovechando el paso por la cueva lograría verla a su sabor, sin que se lo estorbasen los armados, los cuales, bien ajenos a que nadie pudiera introducirse en el recinto, casi al pie de la torre, no vigilaban sino la orilla opuesta del río. Es cierto que entre la torre de la cautiva y el pastor se interponían extensos patios, anchos fosos y recios baluartes; con todo eso, el muchacho se creía feliz: estaba dentro de la fortaleza y pronto vería a su amada.

Poco tardó en conseguir tanta ventura. La princesa se asomó, y el pastorcillo quedó deslumbrado por aquella tez color de luna y aquél pelo de siderales hebras. No sabía cómo expresar su admiración y enviar un saludo a la damisela encantadora; se le ocurrió cantar, tocar su camarillo.... pero le oirían; juntar y lanzar un ramillete de acianos, margaritas y amapolas.... pero era inaccesible el alto y calado ventanil. Entonces tuvo una idea extraordinaria. Procuróse un pedazo de cristal, y así que pudo volver a deslizarse en el recinto por la cueva, enfocó el cristal de suerte que, recogiendo en él un rayo de sol, supo dirigirlo hacia la princesa. Esta, maravillada, cerró los ojos, y al volver a abrirlos para ver quién enviaba un rayo de sol a su camarín, divisó al pastorcillo, que la contemplaba estático. La cautiva sonrió, el enamorado comprendió que aceptaba su obsequio..., y desde entonces, todos los días, a la misma hora, el centelleo del arco iris despedido por un pedazo de vidrio alegró la soledad de la princesita y le cantó un amoroso himno que se confundía con la voz profunda de la selva allá en lontananza...

De pronto, sobrevino un cambio radical en la vida de la princesa. Murieron en una batalla su padre y su hermano, y recayó en ella la sucesión del trono. Brillante comitiva de señores, guerreros, obispos, pajes y damas vino a buscarla solemnemente y a escoltarla hasta la capital de sus estados. Y la que pocos días antes solo conversaba con los pájaros, y solo esperaba el rayo de sol del pastorcito, se halló aclamada por millares de voces, aturdida por el bullicio de espléndidos festejos, y admiró las iluminaciones entre el follaje, y oyó las músicas ocultas en el jardín, y giró con las parejas que danzaban, y supo lo que es la gloria, la riqueza, el placer, la pasión delirante y la alegría loca...

Habíanse pasado muchos, muchos años, cuando la princesa reina ya y casi vieja ya, tuvo el capricho de visitar aquella torre donde su padre, por precaución y por tiránica desconfianza, la mantuvo emparedada durante los momentos más bellos de la juventud. Al entrar en el camarín, una nostalgia dolorosa, una especie de romántica melancolía se apoderó de la reina y la obligó a reclinarse en el ajimez, sintiendo preñados de lágrimas los ojos. La tarde caía, inflamando el horizonte; el bosque exhalaba su melodioso y hondo susurro..., y la reina, tapándose la cara con las manos, sentía que las gotas de llanto escurrían pausadamente a través de los dedos entreabiertos. ¿Lloraba acaso al recordar lo sufrido en el torreón; el largo cautiverio, el fastidio? ¡Mal conocéis el corazón de las mujeres los que a eso atribuís el llanto de tan alta señora!

Sabed que, desde el momento en que pisó la torre, la reina echaba de menos el rayo de sol que todos los días, a la misma hora, le enviaba el pastorcillo enamorado por medio de un trozo de vidrio. Por aquél trozo de vidrio daría ahora la soberana los más ricos diamantes de su corona real. Sólo aquel rayo podría iluminar su corazón fatigado, lastimado, quebrantado, marchito. Y al dejar escurrir las lágrimas, sin cuidarse de reprimirlas ni de secarlas con el blasonado pañuelo, lloraba la juventud, la ilusión, la misteriosa energía vital de los años primaverales... Nunca volvería el pastorcillo a enviarle el divino rayo.

Siempre que entrábamos en el despacho del conde de Lobeira atraía mis miradas -antes que las armas auténticas, las lozas hispanomoriscas y los retazos de cuero estampado que recubrían la pared- un retrato de mujer, de muy buena mano, que por el traje indicaba tener, próximamente un siglo de fecha. "Es mi bisabuela doña Magdalena Varela de Tobar, duodécima condesa de Lobeira", había dicho el conde, respondiendo a mi curiosa interrogación, en el tono del que no quiere explicarse más o no saber otra cosa. Y por entonces hube de contentarme, acudiendo a mi fantasía para desenvolver las ideas inspiradas por el retrato.

Este representaba a una señora como de treinta y cinco años, de rostro prolongado y macilento, de líneas austeras, que indicaban la existencia sencilla y pura, consagrada al cumplimiento de nobles deberes y al trabajo doméstico, ley de la fuerte matrona de las edades pasadas. La modestia de vestir en tan encumbrada señora parecíame ejemplar; aquel corpiño justo de alepín negro, aquel pañolito blanco sujeto a la garganta por un escudo de los Dolores, aquel peinado liso y recogido detrás de la oreja, eran indicaciones inestimables para delinear la fisonomía moral de la aristocrática dama. No cabía duda: doña Magdalena había encarnado el tipo de la esposa leal, casta y sumisa, fiel guardadora del fuego de los lares; de la madre digna y venerada, ante quien sus hijos se inclinan como ante una reina; del ama de casa infatigable, vigilante y próvida, cuya presencia impone respeto y cuya mano derrama la abundancia y el bienestar. Así es que me sorprendió en extremo que un día, preguntándole al conde en qué época habían sido enajenadas las mejores fincas, los pingües estados de su casa, me contestase sobriamente, señalando el retrato consabido:

-En tiempo de doña Magdalena.

El dato inesperado acrecentó mi interés. A fuerza de fijarme en el retrato observé que aquella pintura ofrecía una particularidad rara y siempre sugestiva: en cualquier punto de la habitación que me colocase para mirarla me seguían los ojos de doña Magdalena con expresión imperiosa y ardiente. Casual acierto del pincel, o alarde de destreza del pintor, las pupilas del retrato estaban tocadas por tal arte, que pagaban con avidez y energía la mirada del que las contemplase desde lejos. Algunas veces, sin querer, levantaba yo la vista como si me atrajese tal singularidad y los ojos me llamasen. La severidad del fondo oscuro en que se destacaba la cabeza, la única nota clara del rostro y del pañolito, aumentaban la fuerza del extraño mirar.

Aunque el conde de Lobeira es de carácter reservado y frío, hay instantes en que el corazón más tapiado se abre y deja salir el opresor secreto. Uno de esos momentos, siempre transitorio en ciertas organizaciones, llegó para el conde el día en que, incitada por mi imaginación, traidora cuanto fecunda, me arrojé a trazar la silueta de doña Magdalena, modelo de cristianas virtudes, emblema de otros tiempos y otras edades en que el hogar olía a incienso como el sagrario y la familia tenía la sólida estructura del granito.

-¡Por Dios, no siga usted! -exclamó mi interlocutor, dejando de atizar la chimenea y volviéndose hacia el retrato como nos volvemos hacia un enemigo-. El terror más craso de cuantos pueden cometerse es juzgar del pasado por la impresión que nos causan sus reliquias. Cáscara vacía, huella de fósil en la piedra, ¿qué verdad ha de contarnos un retrato, un mueble o un edificio ruinoso? Los soñadores como usted son los que han falseado la historia, poetizado lo más prosaico y embellecido lo más horrible. En ninguna época fue la humanidad mejor de lo que es ahora; pero las iniquidades pasadas se olvidan y un lienzo embadurnado y lleno de grietas basta para que nos abrume el descontento de lo presente. Ya que también usted cae en esa vulgarísima y temible preocupación de que se nos han perdido grandes virtudes, merece usted que para desilusionarla le cuente la historia de doña Magdalena, tal como la he entresacado de nuestro archivo y de otros documentos.... ¡que obran en archivos judiciales!

Esa señora que está usted viendo, retratada con su jubón de alepín y su honesto pañolito, al casarse con mi bisabuelo, llevándole rica dote y el condado de Lobeira, se mostró apasionada hasta un grado increíble, despótico y furioso. Mi bisabuelo pasaba por el mozo más gallardo de toda la provincia, y doña Magdalena, por una señorita fanáticamente devota: se susurraba que usaba cilicio y que se disciplinaba todas las noches. Fuese o no verdad, lo que es a su marido cilicio le puso doña Magdalena, y hasta grillos, para que de ella no se apartase ni un minuto. Poco después de la boda, los que vieron al conde pálido, demacrado y abatido, esparcieron el rumor absurdo de que su esposa le daba hierbas y filtros para subyugarle y para que ardiese más viva la tea del amor conyugal.

Duró esta situación, sin que la modificase el nacimiento de varios hijos. No obstante a los diez o doce años de matrimonio, observose que el conde, habiéndose aficionado a cazar y haciendo frecuentes excursiones por la montaña -pues pasaban largas temporadas en el campo, en el palacio solariego de Lobeira, según costumbre de los señores de entonces-, recobraba cierta alegría y parecía rejuvenecido.

Como yo no estoy graduando el interés de mi historia, sino que se la cuento a usted descarnada y sin galas -advirtió al llegar aquí el narrador-, diré inmediatamente lo que produjo la mejoría del conde. Fue que, algún tanto aplacada aquella pasión de vampiro de su mujer, pudo respirar y vivir como las demás personas. Usted objetará que todo el delito de doña Magdalena consistía en amar excesivamente a su esposo, y que eso merece disculpa y hasta alabanza. Si yo discutiese tan delicado punto, temería ofender sus oídos de usted con algún concepto malsonante. Indicaré que hay cien maneras de amar, y que el santo nombre de amor cubre a veces nuestros bárbaros egoísmos o nuestras morbosas aberraciones. Y basta, que al buen entendedor... Ya continúo.

Como a veces se guardan bien los secretos en las aldeas, doña Magdalena tardó bastante en entenderse de que su marido, al volver de la caza, solía descansar en la choza de cierto labriego que tenía una hija preciosa. En efecto, era así: el conde de Lobeira prefería a los suculentos manjares de su cocina señorial, la brona y la leche fresca servida por la gentil rapaza, que, con la inocencia en los ojos y la risa en los labios, acudía solícita a festejarle; doña Magdalena, ya informada, no pensó ni un minuto que allí existiese un puro idilio; vio desde el primer instante el mal y agravio. Y acaso acertase: no pretendo excusar a mi bisabuelo, aunque las crónicas afirman que era honesta y sencilla su afición a la hija del colono.

Lo histórico es que, en una noche de invierno muy oscura y muy larga, la puerta del pazo se abrió sin ruido para dejar entrar a un hombre robusto, recio, vestido con el clásico traje del país, que hoy está casi en desuso. La condesa le esperaba en el zaguán: tomóle de la mano, y por un pasadizo oscuro le llevó a una habitación interior, que alumbraba una vela de cera puesta en candelabro de maciza plata. Era el oratorio.

Detrás de las colgaduras de damasco carmesí que lo vestían, y que replegó la dama, el hombre vio abierto un boquete, a manera de cueva; un agujero sombrío. Repito lo de antes: no busco "efectos"; pero aunque los buscase, creo que ninguno tan terrible como decir sin más circunloquios que el hombre -un "casero" en las costumbres de entonces casi un siervo de la condesa -era el mismo padre de la zagala a quien el conde solía visitar; y que doña Magdalena, enseñándole el negro hueco, advirtió al labrador que allí ocultarían el cadáver del conde. En seguida le entregó un hacha nueva, afilada y cortante.

¿Temió aquel hombre por la vida de su hija y por la suya propia? ¿Impulsole la cobardía o el respeto tradicional a la casa de Lobeira? ¿Fue la sugestión que ejerce sobre un cerebro inculto y una voluntad irresoluta y débil, la hembra resuelta de arrebatadas pasiones? ¿Fue codicia, tentación de onzas y de ricos joyeles que la esposa ultrajada le ofrecía en precio de la sangre? El caso es que si hubo resistencia por parte del labriego, duró bien poco. Según su declaración, hizo la señal de la cruz (¡atroz detalle!), descalzóse, empuñó el hacha y siguió a la condesa hasta el aposento en que el conde dormía. Y mientras la señora alumbraba con la vela de cera del oratorio, el labriego descargó un golpe, otro, diez; en la frente, la cara, el pecho... El dormido no chistó: parece que al primer hachazo abrió unos ojos muy espantados... y luego, nada. Sábanas, colchones, el hacha y el muerto, todo fue arrojado al escondrijo; la condesa lavó las manchas del suelo, cerró la trampa, y atestando de oro la faltriquera del asesino, le despachó con orden de cruzar el Miño y meterse en Portugal.

Un rumor vago al principio, y después muy insistente, se alzó con motivo de la desaparición del conde de Lobeira. Su esposa hablaba de viajes motivados por un pleito; y en el oratorio, bajo cuyo piso yacía mi bisabuelo asesinado, celebrábase diariamente el santo sacrificio de la misa, asistiendo a él doña Magdalena, lo mismo que la ve usted retratada ahí: pálida, grave, modesta, rodeada de sus hijos, que la besaban la mano cariñosa. En aquel tiempo no había prensa que escudriñase misterios, y la coincidencia de la desaparición del conde y la del casero y su hija, la linda moza, dio pie a que se sospechase que el esposo de doña Magdalena vivía muy a gusto en algún rincón de esos que saben buscar los enamorados. No faltó quien compadeciese a la abandonada señora, en torno de la cual el respeto ascendió, como asciende la marea. Al verla pasar, derecha, macilenta, siempre de negro, la gente se descubría.

Y así corrió un año entero.

Al cumplirse, día por día, a corta distancia del pazo de Lobeira apareció un hombre profundamente dormido; era el casero de la condesa; y los demás labriegos, que le rodeaban esperando a que despertase, quedaron atónitos cuando al volver en sí, a gritos confesó el crimen, a gritos se denunció y a gritos pidió que le llevasen ante la Justicia. Hay fenómenos morales que no explica satisfactoriamente ningún raciocinio: la mitad de nuestra alma está sumergida en sombras, y nadie es capaz de presentir qué alimañas saldrían de esa caverna si nos empeñásemos en registrarla. El aldeano, cuando le preguntaron el móvil de su conducta, afirmó con rústicas razones que no lo sabía; que una gana irresistible -un "volunto", como dicen ahora- le obligó a salir de Portugal y a ver de nuevo el pazo, y que al avistarlo le acometió un sueño letárgico, invencible también, y ya despierto, un ímpetu de confesar, de decir la verdad, de ser castigado, porque, sin duda, calculo yo, su endeble alma no podía con el peso del secreto que impenetrable y tranquila, guardaba el alma varonil de doña Magdalena.

La prendieron, claro está, y aún se enseña en la cárcel marinedina el negro calabozo donde la condesa de Lobeira se pudrió muchos meses... El casero fue ahorcado; y para librar a mi bisabuela del patíbulo empeñóse la hacienda de mi casa. La justicia se comió con apetito tan sabrosa breva, y nuestra decadencia viene de ahí.

Alcé los ojos y busqué los del retrato. La mirada de doña Magdalena se me figuró más tenaz, más intensa, más dolorosa. El bisnieto callaba y suspiraba, como si le oprimiese el corazón el drama ancestral, como si percibiese la humedad de las lágrimas evaporadas hace un siglo.

-Explíqueme usted -dije al señor de Bernárdez- una cosa que siempre me infundió curiosidad. ¿Por qué en su sala tiene usted, bajo marcos gemelos, los retratos de su difunta esposa y de un niño desconocido, que según usted asegura ni es hijo, ni sobrino, ni nada de ella? ¿De quién es otra fotografía de mujer, colocada enfrente, sobre el piano?... ¿No sabe usted?: una mujer joven, agraciada, con flecos de ricillos a la frente.

El septuagenario parpadeó, se detuvo y un matiz rosa cruzó por sus mustias mejillas. Como íbamos subiendo un repecho de la carretera, lo atribuí a cansancio, y le ofrecí el brazo, animándole a continuar el paseo, tan conveniente para su salud; como que, si no paseaba, solía acostarse sin cenar y dormir mal y poco. Hizo seña con la mano de que podía seguir la caminata, y anduvimos unos cien pasos más, en silencio. Al llegar al pie de la iglesia, un banco, tibio aún del sol y bien situado para dominar el paisaje, nos tentó, y a un mismo tiempo nos dirigimos hacia él. Apenas hubo reposado y respirado un poco Bernárdez, se hizo cargo de mi pregunta.

-Me extraña que no sepa usted la historia de esos retratos; ¡en poblaciones como Goyán, cada quisque mete la nariz en la vida del vecino, y glosa lo que ocurre y lo que no ocurre, y lo que no averigua lo inventa!

Comprendí que al buen señor debían de haberle molestado mucho antaño las curiosidades y chismografías del lugar, y callé, haciendo un movimiento de aprobación con la cabeza. Dos minutos después pude convencerme de que, como casi todos los que han tenido alegrías y penas de cierta índole, Bernárdez disfrutaba puerilmente en referirlas; porque no son numerosas las almas altaneras que prefieren ser para sí propios a la par Cristo y Cirineo y echarse a cuestas su historia. He aquí la de Bernárdez, tal cual me la refirió mientras el sol se ponía detrás del verde monte en que se asienta Goyán:

-Mi mujer y yo nos casamos muy jovencitos: dos nenes con la leche en los labios. Ella tenía quince años; yo, dieciocho. Una muchachada, quién lo duda. Lo que pasó con tanto madrugar fue que, queriéndonos y llevándonos como dos ángeles, de puro bien avenidos que estábamos, al entrar yo en los treinta y cinco mi mujer empezó a parecerme así... vamos, como mi hermana. Le profesaba una ternura sin límites; no hacía nada sin consultarla, no daba un paso que ella no me aconsejase no veía sino por sus ojos..., pero todo fraternal, todo muy tranquilo.

No teníamos sucesión, y no la echábamos de menos. Jamás hicimos rogativas ni oferta a ningún santo para que nos enviase tal dolor de cabeza. La casa marchaba lo mismo que un cronómetro: mi notaría prosperaba; tomaba incremento nuestra hacienda; adquiríamos tierras; gozábamos de mil comodidades; no cruzábamos una palabra más alta que otra, y veíamos juntos aproximarse la vejez sin desazón ni sobresalto, como el marino que se acerca al término de un viaje feliz, emprendido por iniciativa propia por gusto y por deber.

Cierto día, mi mujer me trajo la noticia de que había muerto la inquilina de una casucha de nuestra pertenencia. Era esta inquilina una pobretona, viuda de un guardia civil, y quedaba sola en el mundo la huérfana, criatura de cinco años.

-Podríamos recogerla, Hipólito- añadió Romana-. Parte el alma verla así. Le enseñaríamos a planchar, a coser, a guisar, y tendríamos cuando sea mayor una cianita fiel y humilde.

-Di que haríamos una obra de misericordia y que tú tienes el corazón de manteca.

Esto fue lo que respondí, bromeando. ¡Ay! ¡Si el hombre pudiese prever dónde salta su destino!

Recogimos, pues, la criatura, que se llama Mercedes, y así que la lavamos y la adecentamos, amaneció una divinidad, con un pelo ensortijado como virutas de oro y unos ojos que parecían dos violetas, y una gracia y una zalamería... Desde que la vimos.... ¡adiós planes de enseñarle a planchar y a poner el puchero! Empezamos a educarla del modo que se educan las señoritas.... según educaríamos a una hija, si la tuviésemos. Claro que en Goyán no la podíamos afinar mucho; pero se hizo todo lo que permite el rincón este. Y lo que es mimarla... ¡Señor! ¡En especial Romana.... un desastre! Figúrese usted que la pobre Romana, tan modesta para sí que jamás la vi encaprichada con un perifollo-. encargaba los trajes y los abriguitos de Mercedes a la mejor modista de Marineda. ¿Qué tal?

Cuando llegó la chiquilla a presumir de mujer, empezaron también a requebrarla y a rondarla los señoritos en los días de ferias y fiestas, y yo a rabiar cuando notaba que le hacían cocos. Ella se reía y me decía, siempre, mirándome mucho a la cara:

-Padrino -me llamaba así-, vamos a burlarnos de estos tontos; a usted le quiero más que a ninguno.

Me complacía tanto que me lo dijese (¡cosas del demonio!), que le reñía solo por oírla repetir:

-Le quiero más a usted...

Hasta que una vez, muy bajito, al oído:

-¡Le quiero más, y me gusta más.... y no me casaré nunca, padrino!

¡Por estas, que así habló la rapaza!

Se me trastornó el sentido. Hice mal, muy mal y, sin embargo, no sé, en mi pellejo lo que harían más de cien santones. En fin, repito que me puse como lunático, y sin intención, sin premeditar las consecuencias (porque repito que perdí la chaveta completamente), yo, que había vivido más de veinte años como hombre de bien y marido leal, lo eché a rodar todo en un día.... en un cuarto de hora...

Todo a rodar, no; porque tan cierto como Dios nos oye, yo seguía consagrando un cariño profundo, inalterable, a mi mujer, y si me proponen que la deje y me vaya con Mercedes por esos mundos -se lo confesé a Mercedes misma, no crea usted, y lloró a mares-, antes me aparto de cien Mercedes que de mi esposa. Después de tantos años de vida común, se me figuraba que Romana y yo habíamos nacido al mismo tiempo, y que reunidos y cogidos de las manos debíamos morir. Sólo que Mercedes me sorbía el seso, y cuando la sentía acercarse a mí, la sangre me daba una sola vuelta de arriba abajo y se me abrasaba el paladar, y en los oídos me parecía que resonaba galope de caballos, un estrépito que me aturdía.

-¿Es de Mercedes el retrato que está sobre el piano?- pregunté al viejo.

-De Mercedes es. Pues verá usted: Romana se malició algo, y los chismosos intrigantes se encargaron de lo demás. Entonces, por evitar disgustos, conté una historia: dije que unos señores de Marineda, que iban a pasar larga temporada en Madrid, querían llevarse a Mercedes, y lo que hice fue amueblar en Marineda un piso, donde Mercedes se estableció decorosamente, con una cianita. Al pretexto de asuntos, yo veía a la muchacha una vez por semana lo menos. Así, la situación fue mejor... vamos, más tolerable que si estuviesen las dos bajo un mismo techo, y yo entre ellas.

Romana callaba -era muy prudente-, pero andaba inquieta, pensativa, alteada. Y decía yo: ¿Por dónde estallará la bomba? Y estalló... ¿Por dónde creerá usted?

Una tarde que volví de Marineda, mi mujer, sin darme tiempo a soltar la capa, se encerró conmigo en mi cuarto, y me dijo que no ignoraba el estado de Mercedes... (¡Ya supondrá usted cuál sería el estado de Mercedes!...), y que, pues había sufrido tanto y con tal paciencia, lo que naciese, para ella, para Romana, tenía que ser en toda propiedad.... como si lo hubiese parido Romana misma...

Me quedé tonto... Y el caso es que mi mujer se expresaba de tal manera, ¡con un tono y unas palabras!, y tenía además tanta razón y tal sobra de derecho para mandar y exigir, que apenas nació el niño y lo vi empañado, lo envolví en un chal de calceta que me dio Romana para ese fin, y en el coche de Marineda a Goyán hizo su primer viaje de este mundo.

-¿Ese niño es el que está retratado al lado de su esposa de usted, dentro de los marcos gemelos?

-¡Ajajá! Precisamente. ¡Mire usted: dificulto que ningún chiquillo, ni Alfonso XIII se haya visto mejor cuidado y más estimado! Romana, desde que se apoderó del pequeño, no hizo caso de mí, ni de nadie, sino de él. El niño dormía en su cuarto; ella le vestía, ella le desnudaba, ella le tenía en el regazo, ella le enseñaba a juntar las letras y ella le hacía rezar. Hasta formó resolución de testar en favor del niño... Sólo que él falleció antes que Romana; como que al rapaz le dieron las viruelas el veinte de marzo y una semana después voló a la gloria... Y Romana.... el siete de abril fue cuando la desahució el médico, y la perdí a la madrugada siguiente.

-¿Se le pegaron las viruelas?- pregunté al señor de Bernárdez, que se aplicaba el pañuelo sin desdoblar a los ribeteados y mortecinos ojos.

-¡Naturalmente... Si no se apartó del niño!

-Y usted, ¿cómo no se casó con Mercedes?

-Porque malo soy, pero no tanto como eso -contestó en voz temblona, mientras una aguadilla que no se redondeó en lágrimas asomaba a sus áridos lagrimales.

Siempre que se trata, entre gente con pretensiones de instruida, de agorerías y supersticiones, no hay nadie que no se declare exento de miedos pueriles, y punto menos desenfadado que Don Juan frente a las estatuas de sus víctimas. No obstante, transcurridos los diez minutos consagrados a alardear de espíritu fuerte, cada cual sabe alguna historia rara, algún sucedido inexplicable, una "coincidencia". (Las coincidencias hacen el gasto).

La ocasión más frecuente de hacer esta observación de supersticiones la ofrecen los convites. De los catorce o quince invitados se excusan uno o dos. Al sentarse a la mesa, alguien nota que son trece los comensales, y al punto decae la animación, óyense forzadas risas y chanzas poco sinceras y los amos de la casa se ven precisados a buscar, aunque sea en los infiernos, un número catorce. Conjurado ya el mal sino renace el contento. Las risitas de las señoras tienen un sonido franco. Se ve que los pulmones respiran a gusto. ¿Quién no ha asistido a un episodio de esta índole?

En el último que presencié pude observar que Gustavo Lizana, mozo asaz despreocupado, era el más carilargo al contar trece y el que más desfrunció el gesto cuando fuimos catorce. No hacía yo tan supersticioso a aquel infatigable cazador y sportsman, y extrañándome verle hasta demudado en los primeros momentos, a la hora del café le llevé hacia un ángulo del saloncillo japonés, y le interrogué directamente:

-Una coincidencia -respondió, como era de presumir.

Y al ver que yo sonreía, me ofreció con un ademán el sofá bordado, en cuyos cojines una bandada de grullas blancas con patitas rosa volaba sobre un cañaveral de oro, nacido en fantástica laguna. Se sentó él en una silla de bambú y, rápidamente, entrecortando la narración con agitados movimientos, me refirió su "coincidencia" del número fatídico.

-Mis dos amigos íntimos, los de corazón, eran los dos chicos de Mayoral, de una familia extremeña antigua y pudiente. Habíamos estado juntos en el colegio de los jesuitas, y cuando salimos al mundo, la amistad se estrechó. Llamábanse el mayor Leoncio y el otro Santiago, y habrá usted visto pocas figuras más hermosas, pocos muchachos más simpáticos y pocos hermanos que tan entrañablemente se quisiesen. Huérfanos de padre y madre, y dueños de su hacienda, no conocían tuyo ni mío: bolsa común, confianza entera y, a pesar de la diferencia de caracteres (Leoncio, nervioso y vehemente hasta lo sumo, y Santiago, de un genio igual y pacífico), inalterable armonía. A mí me llamaban, en broma, su otro hermano, y la gente, a fuerza de vernos unidos, había llegado a pensar que éramos, cuando menos, próximos parientes los Mayoral y yo.

Apasionados cazadores los tres, nos íbamos semanas enteras a las dehesas y cotos que los Mayoral poseían en la Mancha y Extremadura, donde hay de cuanta alimaña Dios crió, desde perdices y conejos hasta corzos, venados, jabalíes, ginetas y gatos monteses.

Con buen refuerzo de escopetas negras y una jauría de excelentes podencos, hacíamos cada ojeo y cada batida, que eran el asombro de la comarca. De estas excursiones resolvimos una, cierto día de San Leoncio. No cabe olvidar la fecha. Nos había convidado juntos una tía de los de Mayoral, señora discretísima y madre de una muchacha encantadora, por quien Santiago bebía los vientos. Sutilizando mucho, creo que esta pasión de Santiago tuvo su parte de culpa en la desgracia que sucedió. Ya diré por qué.

Ello es que nos reunimos en la casa donde, con motivo de la fiesta, había otros varios convidados: amiguitas de la niña, señores formales, íntimos de la mamá... Y yo, que jamás contaba entonces los comensales, al pasar al comedor, involuntariamente, me fijo en los platos... ¡Eramos trece, trece justos!

Ni se me ocurrió chistar. Por otra parte, no sentía aprensión. Estaríamos a la mitad de la comida, cuando lo advirtió el ama de la casa, y dijo riéndose "¡Hola! ¡Pues con el resfriado de Julia, que la impidió venir, nos hemos quedado en la docena del fraile! No asustarse, señores, que aquí nadie ha cumplido los sesenta más que yo, y en todo caso seré la escogida."

¿Qué habíamos de hacer? Lo echamos a broma también, y brindamos alegremente porque se desmintiese el augurio. Y había allí un señor que, presumiendo de gracioso, dijo con sorna: "Es muy malo comer trece..., cuando solo hay comida para doce."

A la madrugada siguiente tomamos el tren y salimos hacia el cazadero. La expedición se presentaba magnífica. La temperatura era, como de mediados de septiembre, templada y deliciosa. Cada tarde, los zurrones volvían atestados de piezas, y, para mayor satisfacción, nos habían anunciado que andaban reses por el monte, y que el primer ojeo nos prometía rico botín. Decidimos que este ojeo principiase un miércoles por la mañana, y apenas despachadas las migas y el chocolate, salimos a cabalgar nuestros jacos, que nos esperaban a la puerta, entre el tropel de las escopetas negras y la gresca y alborozo de los perros. Como tengo tan presentes las menores circunstancias de aquel día, recuerdo que me extrañó mucho la furia con que los animales ladraban, y al asomarme fuera vi, apoyada en uno de los postes del emparrado que sombreaba la puerta, a una gitana atezada, escuálida, andrajosa.

Podría tener sus veinte años, y si la suciedad, la descalcez y las greñas no la afeasen, no carecería de cierto salvaje atractivo, porque los ojos brillaban en su faz cetrina como negros diamantes, los dientes eran piñones mondados, y el talle, un junco airoso. Los pingajos de su falda apenas cubrían sus desnudos y delgados tobillos, y al cuello tenía una sarta de vidrio, mezclada con no sé qué amuletos.

Dije que sus ojos brillaban, y era cierto. Brillaban de un modo raro, que no supe definir. Los tenía clavados en Santiago, que, lo repito, era un muchacho arrogante, rubio y blanco, y en aquel instante, subido al poyo de montar y con un pie en el estribo, con su sombrero de alas anchas, su bizarro capote hecho de una manta zamorana, de vuelto cuello de terciopelo verde, y sus altos zahones de caza, que marcaban la derechura de la pierna, aún parecía más apuesto y gallardo.

Y a Santiago fue a quien dirigió sus letanías la egipcia, soltándole esos requiebros raros que gastan ellas, y ofreciéndose a decirle la buenaventura. En aquel momento, Santiago, de seguro, pensaba en el dulce rostro de su novia, y el contraste con el de la gitana debió de causarle una impresión de repugnancia hacia ésta; porque era galante con todas las mujeres y, sin embargo, soltó una frase dura y hasta cruel, una frase fatal...; yo así lo creo...

-¿Qué buenaventura vas a darme tú? -exclamó Santiago-. ¡Para ti la quisieras! ¡Si tuvieses ventura, no serías tan fea y tan negra, chiquilla!

La gitana no se inmutó en apariencia, pero yo noté en sus ojos algo que parecía la sombra de un abismo, y fijándolos de nuevo en Santiago, que estaba a caballo ya, articuló despacio, con indiferencia atroz y en voz ronca:

-¿No quieres buenaventuras, jermoso? Pues toma mardisiones... Premita Dios.... premita Dios.... ¡que vayas montao y vuelvas tendío!

Yo no sé con qué tono pudo decirlo la malvada, que nos quedamos de hielo. Leoncio, en especial, como adoraba en su hermano, se demudó un poco y avanzó hacia la gitana en actitud amenazadora. Los perros, que conocen tan perfectamente las intenciones de sus amos, se abalanzaron ladrando con furia. Uno de ellos hincó los dientes en la pierna desnuda de la mujer, que dio un chillido. Esto bastó para que Leoncio y yo, y todos, incluso Santiago, nos distrajésemos de la maldición y pensásemos únicamente en salvar a la bruja moza, en riesgo inminente de ser destrozada por la jauría. Contenidos los perros, cuando volvimos la cabeza la gitana ya no parecía por allí. Sin duda se había puesto en cobro, aunque nadie supo por dónde.

Al llegar aquí de su narración Gustavo, me hirió de súbito un recuerdo:

-Espere, espere usted... -murmuré recapacitando-. Creo que conozco el final de la historia... Cuando usted nombró a los Mayoral empezó a trabajar mi cabeza... El nombre "me sonaba"... Tengo idea de que conozco a los dos hermanos, y ya voy reconstruyendo su figura... Leoncio, vivo, moreno, delgado; Santiago, rubio y algo más grueso... ¿Fue en esa cacería donde...?

-Donde Leoncio, creyendo disparar a un corzo, mató a Santiago de un balazo en la cabeza -respondió lentamente Gustavo, cruzando las manos con involuntaria angustia-. Santiago "volvió tendido"... Perdí a la vez mis dos amigos, porque el matador, si no enloqueció de repente, como pasa en las novelas y en las comedias, quedó en un estado de perturbación y de alelamiento que fue creciendo cada día. Y quizá por olvidar cortos instantes la horrible escena, se entregó, él que era tan formalillo que hasta le embromábamos, a mil excesos, acabando así de idiotizarse. Después de saber esta "coincidencia", ¿extrañará usted que me agrade poco sentarme a una mesa de trece? Por más que quiero dominarme, se me conoce el miedo... ¡El miedo, sí: hay que llamar a las cosas por su nombre!

-¿Y volvió a parecer la gitana? -pregunté con curiosidad.

-¡La gitana! ¡Quién sabe adónde vuelan esas cornejas agoreras! -exclamó Gustavo sombríamente-. Los de esa casta no tienen poso ni paradero... Como dice Cervantes, a su ligereza no la impiden grillos, ni la detienen barrancos, ni la contrastan paredes... Cuando velábamos al pobre Santiago, y tratábamos de impedir que se suicidase el desesperado Leoncio, ya la bruja debía de estar entre breñas, camino de Huelva o de Portugal.

"LA BICHA"

-¿Han leído ustedes a Selgas? -preguntó la discreta viuda, cerrando su abanico antiguo de vernis Martín, una de esas joyas que para todo sirven, excepto para abanicarse-. ¿Han leído a Selgas?

Los que formábamos peñita en la estufa, huyendo de los sofocados y atestados salones, movimos la cabeza. ¿Selgas? Un autor a quien, como suele decirse, "le ha pasado el sol por la puerta"... Nombre casi borrado ya...

-Pues era ingenioso -declaró la viudita-, y a mí me divertía muchísimo... En no sé que libro suyo -las citas exactas, allá para sabihondos- sienta una teoría sustanciosa, no crean ustedes. A propósito del sistema parlamentario, que le fastidiaba mucho, dice que mientras nadie se queja de lo que no escoge, todo el mundo rabia con lo que escogió; que rara vez nos mostramos descontentos de nuestros padres ni de nuestros hijos, pero que de los cónyuges y de los criados siempre hay algo malo que contar. ¿Verdad que es gracioso? Sólo que en ese capítulo de la elección conyugal le faltó distinguir... Se le olvidó decir que sólo los hombres eligen, mientras las mujeres toman lo que se presenta... Y el caso es que la elección conyugal confirma la teoría de Selgas: los hombres, que escogen amplia y libremente, son los que escogen peor.

Esta afirmación de la viuda armó un barullo de humorísticas protestas entre el elemento masculino en la peñita.

-No hay que amontonarse -exclamó la señora intrépidamente-. Los hombres que aciertan, aciertan como "el consabido" de la fábula...: por casualidad. Y, si no..., a la prueba. Todos los jueves que nos reunamos aquí, en este rincón, a la sombra de estos pandanos tan colosales, cerca de esta fuente tan bonita con la luz eléctrica, me ofrezco a contarles a ustedes una historia de elección conyugal masculina..., que les parecerá increíble. Empezaremos ahora mismo... Ahí va la de hoy.

Cuando perdí a mi marido tuve que vivir varios años en una capital de provincia, desenredando asuntos de mucho interés para mí y para mis hijos. Ya saben ustedes que no soy huraña y, pasado el luto, aproveché las contadas ocasiones de ver gente que se ofrecían allí. Había una sociedad de recreo que daba en Carnaval dos o tres bailes de máscaras, y me gustaba ir a sentarme en un palco acompañada de varias amigas y amigos de los que solían hacerme tertulia, y divertirme en remirar los disfraces caprichosos, la animación y las bromas que se corrían abajo, en el hervidero de la sala. Eran bailes en que se mezclaban el señorío y la mesocracia con bastantes familias artesanas, sin que se conociesen mucho las diferencias entre estas clases sociales, porque las artesanas de M*** se visten, peinan y prenden con gusto, son guapas y tienen aire fino. La Junta directiva sólo excluía rigurosamente a las mujeres notoriamente indignas; y figúrense ustedes el espanto de la concurrencia cuando, la noche del lunes de Carnaval, empezó a esparcirse la voz de que estaba en el baile enmascarada y del brazo de un socio, la célebre Natalia, por otro nombre la Bicha (la Culebra); le daban este apodo por su fama de mala y engañadora o, según otros, porque tenía la cabeza pequeñita, la tez morena aceitunada y el pelo casi azulado de puro negro; señas de cuya exactitud pudimos cerciorarnos todos, como verán ustedes.

Al saberse la noticia, justamente se hallaba en mi palco el presidente de la Sociedad, señor viudo, acaudalado y respetable, padre de una niña preciosa que yo me llevaba a casa por las tardes a jugar con la chiquilla mía. Sobrecogido y turbado, el presidente se agitaba en el asiento, haciendo coraje, como suele decirse, para bajar a cumplir su deber de expulsar a la intrusa. Comprenderán ustedes que no existe deber más penoso: ir a darle en público un bofetón a una mujer.... ¡sea cual sea! Todos seguíamos con los ojos a la máscara sospechosa, y la indignación fermentaba. Abandonada desde el primer runrún por el socio que la introdujo, y que se dio prisa a desaparecer; asaltada por unos cuantos mozalbetes, que la asaeteaban con insolentes pullas y dicharachos; aislada a la vez en un espacio libre -porque todas las demás mujeres se apartaban-, la Culebra, apretando contra el rostro su antifaz, recogiendo los pliegues de su manto de "beata", como para ocultarse, permanecía apoyada en una columna de las que sostienen los palcos, en actitud de fiera a quien acosan. Por fin, el presidente se decidió y, tomando precipitadamente el sombrero, salió al pasillo; pronto le vimos aparecer en el salón y dirigirse a donde estaba la Culebra. A las frases secas y rápidas, cual latigazos, del presidente, los mozalbetes se desviaron, dejando sola a la mujer, y ésta, con un movimiento de soberbia que remedaba la dignidad, revolviéndose bajo el ultraje, se arrancó de súbito la careta de raso negro, echó atrás el manto y, descubierta la cabeza, erguido el cuello, rechispeantes los ojos, miró, retó, fulminó al presidente, primero; después, circularmente, a todo el concurso; a las señoras, a las señoritas, que volvían la cara, ruvorizándose; a los hombres, que cuchicheaban y se reían... Y despacio, sin bajar la frente, pasó por entre la multitud apiñada, que se estremecía a su contacto, y todavía desde la puerta, volviéndose, disparó el venablo de sus pupilas (¡qué mirada aquella, Dios mío!) al presidente, que accionaba entre un círculo de individuos de la Directiva y de señores que le felicitaban por su acción... Minutos después, muy exaltado, volvía al palco el buen señor, y al acompañarme, a la salida, todavía hablaba del descoco de la pájara, refiriéndonos, con el recato posible, su vida y milagros, capaces, ciertamente, de poner colorada a una estatua de piedra.

A la vuelta de cinco meses, cuando a las frioleras diversiones del Carnaval reemplazan los idílicos goces de las jiras y de las campestres romerías, empezó a susurrarse en M*** que el presidente de la Sociedad Centro de Amigos, el honrado y formal don Mariano Subleiras, con sus cincuenta del pico, su viudez y su niña encantadora, pasaba a segundas nupcias... ¿Ya han adivinado ustedes con quién?... ¡Con la propia Natalia, la Bicha, la prójima echada del baile! Al oírlo, sepan ustedes que no lo puse en duda ni un momento. Dirán ustedes que soy pesimista... Digan lo que quieran. ¡El caso es que yo en seguida creí firmemente que era gran verdad eso que a todos les parecía el colmo de lo absurdo! "Pero ¿no se acuerda usted? -me objetaban-. Pero ¡si fue él mismo quien la puso de patitas..." "Pues por eso, cabalmente por eso", contestaba yo, dejándolos con la boca de un palmo. Al fin, tanto me calentaron la cabeza con la boda dichosa, que entre el deseo de complacer y la lástima que me infundía la pequeña, aquella rubita monísima, amenazada de madrastra semejante, me decidí a meterme donde no me llamaban y a hacer a don Mariano el siempre inoportuno regalo del buen consejo... Le llamé a capítulo, le prediqué un sermón que ni un padre capuchino; estuve elocuente, les aseguro que sí... Y me puse muy hueca cuando, al terminar mi plática, don Mariano, al parecer conmovido, murmuró, aplicando el pico del pañuelo a los ojos: "Prometo a usted que no me casaré con la Natalia...".

-¿Y al poco tiempo se casó? -interrogaron con malicia los de la peña.

-No señores... No se casó al poco tiempo... ¡Cuando me empeñaba una palabra inquebrantable..., estaba ya casado... secretamente!

Hubo en el grupo exclamaciones, risas, comentarios, y Ramiro Nozales, que la echaba de observador, pronunció con énfasis:

-¡Qué humano es eso!

-Lo que a mí me preocupó mucho entonces -prosiguió la señora fue averiguar cómo se las había compuesto la lagarta para hacer presa en don Mariano. Su móvil era patente: una venganza que eriza el pelo... Pero ¿de qué medios se había valido? Cuando fue expulsada del baile, don Mariano sólo la conocía de vista y por su lamentable reputación... Excitada mi curiosidad, en que entraba tanto interés por la pobre niña, pude averiguar algo... ¡Algo que también va usted a decir que es "muy humano", amigo Nozales, porque conozco su escuela de usted!... Parece que la Bicha se presentó en casa de don Mariano días después de la expulsión, y bañada en lágrimas, y con hartos desmayos y suspiros, le pidió reparación del ultraje; reparación.... ¿cómo diré yo?, una reparación privada, una palabra benévola, una excusa, algo que la consolase, porque desde aquel episodio se sentía enferma, abatida y a punto de muerte... "De otra persona, mire usted, no me hubiese importado; pero de usted.... vamos, de usted.... un señor tan digno, un señor tan virtuoso...", dicen que silbaba la Culebra, empezando insensiblemente a enroscarse... De aquí al vasito de agua, al ofrecimiento de éter o vinagre, al abanicamiento con un periódico, a contar una larga historia, a ser escuchada y compadecida, visitada después, a enlazar con el primer anillo, a deslizarse, a abrazar ya con las roscas flexibles el pecho, la cabeza y el cuerpo todo.... el camino ni es largo ni difícil, y en cuatro meses y medio lo anduvo la Bicha.... hasta llegar a la iglesia. Al año siguiente, la noche del lunes de Carnaval, don Mariano y su señora ocupaban el palco fronterizo al mío... Fue la primera vez que aparecieron juntos en público. Después, ya nunca vimos solo a don Mariano; a ella, sí. Contaban que su mujer le mandaba de tal suerte, que al salir de casa, le dejaba encerrado...

-¿Y la niña? -preguntó Nozales con afán triste.

-¡Ah! -suspiró la señora-. ¡La niña.... me han escrito de allá que murió tísica!...

El lunes de Pascua de Resurrección, con un sol esplendente y un aire tibio y perfumado, que provocaba impaciencias y fervorines primaverales en los retoños frescos de los árboles y en los senderos que deseaban florecer y donde a las últimas violetas descoloridas hacían competencia las primeras campánulas blancas y las margaritas de rosado cerco, unieron sus destinos en la capilla del restaurado castillo señorial la linda heredera de la noble casa y estados de Abencerraje y el apuesto y galán marquesito de Alcalá de los Hidalgos.

Todo sonreía en aquella boda, lo mismo la naturaleza que el porvenir de los desposados. Al cuadro de su juventud, del amor del novio, que revelaban mil finezas y extremos, y a la cándida belleza de la novia, servían de marco de oro y rosas la cuantiosa hacienda, la ilustre cuna, el respeto y cariño de la buena gente campesina y hasta la venturosa circunstancia de verse enlazadas por ella, ante el Cielo y ante el mundo, las dos casas más ricas y nobles de la provincia, las que la representaban en la historia nacional.

A la puerta de la capilla aguardaban el coche familiar que había de conducir a los esposos a la estación del camino de hierro. Iban a emprender uno de esos viajes que son la realidad de un sueño divino: Italia y sus ciudades-museos; Suiza y sus lagos, trozos de la bóveda azul del firmamento caídos sobre la nieve; Alemania con sus ríos, en que las ondinas nadan al rayo de la luna; después el Oriente, Grecia, Constantinopla y, por último, el invierno en París, entre los prestigios del lujo y la magia de refinadísima civilización; París con sus fiestas y sus elegancias exquisitas, sus nidos de coquetería y de molicie para la dicha renovada... La perspectiva de tantos días risueños y venturosos; más que todo la del amor puro, noble, legítimo, constante regocijo y secreta y dulce efusión del alma, hacía latir de gozo el corazón de la novia, de la rubia y tierna María de las Azucenas, cuando el coche arrancó al trote largo de los cuatro fogosos caballos que lo arrastraban, llevándosela a ella, al que ya era su dueño y a la doncella, Luisilla, aldeana viva y fiel, elegida y designada para acompañar y servir a María durante el viaje...

Por espacio de algunos meses fueron llegando al castillo faustas nuevas de los novios. Aun cuando la escondida aldea de Abencerraje distaba tanto de esas lejanas tierras por donde ellos paseaban la ufanía de su felicidad, por mil no sospechados conductos -cartas, sueltos de periódicos, referencias de otros viajeros, de cónsules, de amigos, de desconocidos quizá- en Abencerraje se sabía confusamente que el viaje era feliz, alegre, fecundo en incidentes gratos y que marido y mujer disfrutaban de salud y contento. Corrió así el verano, pasose el otoño y se averiguó que, cumpliendo estrictamente el programa, se encontraban ya en la capital de la República francesa los marqueses, divertidos, festejados, girando en el torbellino del placer. Hacia febrero o marzo se habló de que la recién casada sufría una grave enfermedad; pero casi se supo al mismo tiempo el mal y la mejoría. Y pocas semanas después, el lunes de Pascua de Resurrección, a la caída de una tarde admirable por lo serena, cuando las últimas violetas descoloridas exhalaban su delicado aroma y los árboles desabrochaban su flor de primavera, el país vio asombrado que el coche familiar regresaba de la estación con mucho repique de cascabeles, y las gentes que se asomaban curiosas a las puertas de las cabañas, no divisaron dentro del coche más que a María de las Azucenas, tan descolorida como las últimas violetas de los senderos, y a Luisilla, sentada a su lado, también desmejorada y amarillenta, sosteniendo en el hombro la fatigada cabeza de su señora; ambas mudas, ambas tristes, ambas con la huella del padecimiento en el rostro. Y ni aquel día, ni los siguientes, ni nunca más, asomó el marqués de Alcalá por el castillo de su mujer, ni por la comarca siquiera, y María y Luisilla vivieron solas, siempre juntas, más que como ama y criada, como hermanas amantísimas e inseparables.

Repicaron las lenguas y se fantasearon historias de ilícitas pasiones y desvaríos del marqués, tragedias horribles, duelos, conatos de envenenamiento y otras mil invenciones novelescas que prueban la ardorosa imaginación de los naturales de Abencerraje. La verdad no se supo hasta que corrieron algunos años, cuando el marqués de Alcalá comisionó a un sacerdote para lograr de su esposa que le perdonase y consintiese en vivir a su lado. Habiendo fracasado por completo la diplomacia del sacerdote, en los primeros momentos de contrariedad éste se espontaneó con el párroco de Abencerraje, éste con el boticario, éste con el médico, el notario, el alcalde.... y así llegó a conocer la comarca la siguiente aventura.

Después de un viaje idealmente hermoso, llegaron a París los enamorados esposos en busca de alguna quietud, pues la reclamaba el estado interesante de María, expuesta a percances en fondas y trenes. A pesar del cuidado y del método que observó la marquesa, hacia el sexto mes del embarazo cayó en cama, con síntomas de parto prematuro. Acaeció la temida desgracia, y fue lo peor que una hemorragia violenta puso en peligro inminente la vida de la señora. "Se desangra; se nos va", había dicho el médico, un español ilustre, después de ensayar los recursos de su ciencia, luchando denodadamente con la muerte, que se aproximaba silenciosa. Y entonces, el marido que veía a su esposa desfallecer en síncope mortal, blanca como la almohada donde apoyaba su frente de cera, preguntó al doctor:

-Pero ¿no hay algún medio de salvarla? ¿No hay alguno?

-Hay uno todavía -respondió el médico-. Si se encuentra una persona sana, robusta, joven y que quiera lo bastante a esta señora para dar su sangre de las venas de su brazo.... verificaremos la transfusión y verá usted a la enferma resucitar.

Al hablar así el doctor miraba afanosamente al marqués, clavándole en el rostro, y mejor aún en el espíritu, sus ojos interrogadores y desengañados de hombre que ha presenciado en este pícaro mundo muchas miserias; y al notar que el marqués no contestaba y se volvía tan pálido como si ya le estuviesen extrayendo de las venas la sangre que le pedía de limosna el amor, el médico se encogió de hombros, murmurando vagamente:

-Pero es difícil... muy difícil. Hay que renunciar a esa esperanza.

En aquel punto mismo se levantó una mujer que permanecía acurrucada a los pies del lecho de la moribunda, y, sencillamente, presentando su brazo izquierdo desnudo, blanco, grueso, surcado de venas azules, exclamó:

-Ahí tiene, señor...; ahí tiene... Sangre no me falta, y sana estoy como las propias manzanas en el árbol... Ahí tiene, y ojalá que la sangre de una pobre aldeana sirva para resucitar a la señora.

Ni un minuto tardó el doctor en aceptar la oferta de Luisilla. Aplicando la cánula, sangró copiosamente el recio brazo, pues se necesitaba mucha, mucha sangre, setecientos gramos, para reparar las pérdidas sufridas. La muchacha, sonriente, no pestañeaba, repitiendo a cada paso:

-Saque señor; tengo yo la mar de sangre buena que ofrecer a mi ama.

El marqués había huido de la habitación. Cuando la sutil jeringuilla empezó a inyectar el precioso licor en el cuerpo de la agonizante, y ésta a notar el calor delicioso que de las venas pasaba al corazón reanimándolo; cuando su rostro de mármol se coloreó y sus ojos se abrieron lentamente, lo primero que buscaron fue al amado, a la mitad de su ser, pues había comprendido al revivir que alguien le daba su sangre en compensación de la que había perdido, y creía que sólo podía ser él, el esposo, el compañero, el adorado, el ídolo de su alma. Y al no encontrarle, al ver a Luisa, a quien vendaban y hacían beber café puro para reanimarla del desfallecimiento, la esposa comprendió y volvió a cerrar los ojos, como si aspirase al desmayo del cual sólo se despierta en los brazos de la muerte...

Apenas pudo ponerse en camino, María partió sin más compañera que la aldeanita, cuya humilde sangre llevaba en las venas y a quien debía el existir. Todas las gestiones del marqués de Alcalá se estrellaron contra la invencible repugnancia o más bien el horror de su mujer. Demasiado altiva para buscar consuelo de aquel desengaño, vivió con Luisilla, haciendo caridades y llorando a solas muchas veces, sobre todo en Pascua de Resurrección, cuando la implacable naturaleza reflorecía.

Teodoro iba a casarse perdidamente enamorado. Su novia y él aprovechaban hasta los segundos para tortolear y apurar esa dulce comunicación que exalta el amor por medio de la esperanza próxima a realizarse. La boda sería en mayo, si no se atravesaba ningún obstáculo en el camino de la felicidad de los novios. Pero al acercarse la concertada fecha se atravesó uno terrible: Teodoro entró en el sorteo de oficiales y la suerte le fue adversa: le reclamaba la patria.

Ya se sabe lo que ocurre en semejantes ocasiones. La novia sufrió síncopes y ataques de nervios; derramó lágrimas que corrían por sus mejillas frescas, pálidas como hojas de magnolia, o empapaban el pañolito de encaje; y en los últimos días que Teodoro pudo pasar al lado de su amada, trocáronse juramentos de constancia y se aplazó la dicha para el regreso. Tales fueron los extremos de la novia, que Teodoro marchó con el alma menos triste, regocijado casi por momentos, pues era animoso y no rehuía ni aun de pensamiento, la aceptación del deber.

Escribió siempre que pudo, y no le faltaron cartas amantes y fervorosas en contestación a las suyas algo lacónicas, redactadas después de una jornada de horrible fatiga, robando tiempo al descanso y evitando referir las molestias y las privaciones de la cruel campana, por no angustiar a la niña ausente. Un amigo a prueba, comisionado para espiar a la novia de Teodoro -no hay hombre que no caiga en estas puerilidades si está muy lejos y ama de veras-, mandaba noticias de que la muchacha vivía en retraimiento, como una viuda. Al saberlo, Teodoro sentía un gozo que le hacía olvidarse de la ardiente sed, del sol que abrasa, de la fiebre que flota en el aire y de las espinas que desgarran la epidermis.

Cierto día, de espeso matorral salieron algunos disparos al paso de la columna que Teodoro mandaba. Teodoro cerró los ojos y osciló sobre el caballo; le recogieron y trataron de curarle, mientras huía cobardemente el invisible enemigo. Trasladado el herido al hospital, se vio que tenía destrozado el hueso de la pierna -fractura complicada, gravísima-. El médico dio su fallo: para salvar la vida había que practicar urgentemente la amputación por más arriba de la rótula, advirtiendo que consideraba peligroso dar cloroformo al paciente. Teodoro resistió la operación con los ojos abiertos, y vio cómo el bisturí incidía su piel y resecaba sus músculos, cómo la sierra mordía en el hueso hasta llegar al tuétano y cómo su pierna derecha, ensangrentada, muerta ya, era llevada a que la enterrasen... Y no exhaló un grito ni un gemido; tan sólo, en el paroxismo del dolor, tronzó con los dientes el cigarro que chupaba.

Según el cirujano, la operación había salido divinamente. No hubo supuración ni calentura; cicatrizó el muñón bien y pronto, y Teodoro no tardó en ensayar su pierna de palo, una pata vulgar, mientras no podía encargar a Alemania otra hecha con arreglo a los últimos adelantos...

Al escribir a su novia desde el hospital, sólo había hablado de herida, y herida leve. No quería afligirla ni espantarla. Así y todo, lo de la herida alarmó a la muchacha tanto, que sus cartas eran gritos de terror y efusiones de cariño. ¿Por qué no estaba ella allí para asistirle, y acompañarle, y endulzar sus torturas? ¿Cómo iba a resistir hasta la carta siguiente, donde él participase su mejoría?

Aquellas páginas tiernas y sencillas, que debían consolar a Teodoro, le causaron, por el contrario, una inquietud profunda. Pensaba a cada instante que iba a regresar, a ver a su adorada, y que ella le vería también..., pero ¡cómo! ¡Qué diferencia! Ya no era el gallardo oficial de esbelta figura y andar resuelto y brioso. Era un inválido, un pobrecito inválido, un infeliz inútil. Adiós las marchas, adiós los fogosos caballos, adiós el vals que embriaga, adiós la esgrima que fortalece; tendría que vivir sentado, que pudrirse en la inacción y que recibir una limosna de amor o de lástima, otorgada por caridad a su desventura. Y Teodoro, al dar sus primeros pasos apoyado en la muleta, presentía la impresión de su novia, cuando él llegase así, cojo y mutilado -él, el apuesto novio que antes envidiaban las amigas-. Ver la luz de la compasión en unos ojos adorados.... ¡qué triste sería, qué triste! Mirose al espejo y comprobó en su rostro las huellas del sufrimiento, y pensó en el ruido seco de la pata de palo sobre las escaleras de la casa de su futura... Con el revés de la mano se arrancó una lágrima de rabia que surgía al canto del lagrimal; pidió papel y pluma y escribió una breve carta de rompimiento y despedida eterna.

Dos años pasaron. Teodoro había vuelto a la Península, aunque no a la ciudad donde amó y esperó. Por necesidad tuvo que ir a ella pocos días, y aunque evitaba salir a la calle, una tarde encontró de improviso a la que fue su novia, y, sofocado, tembloroso, se detuvo y la dejó pasar. Iba ella del brazo de un hombre: su marido. El amputado, repuesto, firme ya sobre su pata hábilmente fabricada en Berlín, maravilla de ortopedia, que disimulaba la cojera y terminaba en brillante bota, notó que el esposo de su amada era ridículamente conformado, muy patituerto, de rodillas huesudas e innoble pie... y una sonrisa de melancólica burla jugó en su semblante grave y varonil.

-¿Suponéis que no hay en mis recuerdos nada dramático, nada que despierte interés, una novela tremenda? -nos dijo casi ofendido el apacible Raimundo Ariza, a quien considerábamos el muchacho más formal de cuantos remojábamos la persona en aquella tranquila playa y nos reuníamos por las tardes a jugar a tanto módico en el Casino.

No pudimos menos de mirar a Raimundo con sorpresa y algo de incredulidad. Sin embargo, Raimundo no era feo, tenía estatura proporcionada, correctas facciones, ojos garzos y dulces, sonrisa simpática y blanca tez, pero su bonita figura destilaba sosería; no había nacido fascinador; parecía formado por la Naturaleza para ser a los cuarenta buen padre de familia y alcalde de su pueblo.

-Dudamos de tu novela romántica- exclamó al cabo uno de nosotros.

-Pues es de las de patente... -replicó Raimundo-. Hay dos clases de novelas, señores escépticos: las voluntarias y las involuntarias. Las primeras las buscan por la mano sus héroes. Las otras... se vienen a las manos. De éstas fue la mía. A ciertas personas suele decirse que "les sucede todo"; y es porque andan a caza de sucesos... A fe que si se estuviesen quietecitos, las mujeres no se precipitarían a echarles memoriales.

En mi pueblo, como sabéis, no suele haber grandes emociones, y cualquier cosa se vuelve acontecimiento. Todo constituye distracción, rompiendo la monotonía de aquel vivir. Hará cosa de tres años, en primavera, nos alborotó la llegada de una tribu errante de gitanos o cíngaros. Plantaron sus negruzcas tiendas y amarraron sus trasijadas monturas en cierto campillo árido, cercano a uno de los barrios en construcción, y formamos costumbre de ir por las tardes a curiosear las fisonomías y los hábitos de tan extraña gente.

Nos gustaba ver cómo remendaban y estañaban calderos y componían jáquimas y pretales, todo al sol y con la cabeza descubierta, porque dentro de las tiendas apenas podían revolverse. Comentábase mucho la noticia de que el jefe de una taifa tan sólida y desharrapada hubiese depositado en el Banco, el día de su arribo, bastantes miles de duros en ricas onzas españolas, de las que ya no se encuentran por ninguna parte. Viajaban con su caudal, y por no ser desvalijados, al sentar sus reales lo aseguraban así. Se decía también que poseían a docenas soberbias cadenas de oro y joyeles bárbaros de pedrería; pero es la verdad que, al exterior, sólo mostraban miserias, andrajos y densa capa de mugre, no teniendo poco de asombroso que tan mala capa no bastase a encubrir ni a degradar la noble hermosura y pintoresca originalidad de los bohemios que admirábamos.

Resaltaba esta belleza en todos los individuos jóvenes de la tribu; pero, como es natural, yo prefería observarla en las mujeres y solía acercarme a la tienda donde habitaba una gitanilla del más puro tipo oriental que pueda soñarse. Esbelta; de tez finísima y aceitunada; de ojos de gacela, tristes, almendrados e inmensos; de cabellera azulada a fuerza de negror y repartida en dos trenzas de esterilla a ambos lados del rostro, la gitana estaba reclamando un pintor que se inspirase en su figura. Aunque era, según supe después, esposa del jefe de la tribu, su vestimenta se componía de una falda muy vieja y un casaquín desgarrado, por cuyas roturas salía el seno, y en lugar de los fantásticos joyeles del misterioso tesoro, adornaba su cuello una sarta de corales falsos. Su tierna juventud y su singular beldad resplandeciente, iluminaban los harapos y el interior de la tienda, por otra parte semejante a un capricho de Goya, donde humeaba un pote sobre unas trébedes y un fuego de brasa atizado por una gitana vieja, tan caracterizada de bruja, que pensé que iba a salir volando a horcajadas sobre una escoba.

Así que me vio la gitanilla, con voz muy melodiosa y con gutural pronunciación extranjera, me pidió la mano para echarme la buenaventura. Se la tendí, con dos pesetas para señalar; y después de oídas las profecías que dicen siempre las gitanas, dejé gustoso las dos pesetas en su poder. La mujer hablaba aprisa, porque un chiquillo desnudo, de cobriza tez, arrastrándose por el suelo, lloriqueaba; así que su madre le tomó en brazos, calló agarrando el seno. De súbito la gitana exhaló un chillido de dolor: el crío acababa de morderla cruelmente, y ella, casi en broma, aplicó dos azotes ligeros a la criatura. No sé qué fue más pronto, si romper el chico en llanto desconsolador o entrar en la tienda el jefe de la tribu, un arrogante bohemio de enérgicas facciones y pelo rizado en largos bucles; y sin encomendarse a Dios ni al diablo, profiriendo imprecaciones en su jerigonza, soltarle a su mujer un feroz puntapié que la echó a tierra.

Indignado por tal brutalidad, me precipité a levantarla; se alzó pálida y temblando; sus ojos oblongos, tan dulces poco antes, fulguraban con un brillo sombrío, que me pareció de odio y furor; pero al fijarse en mí destellaron agradecimiento. No lo pude remediar; aunque por sistema por nadie ni en nada me meto, aquella escena me había transtornado; apostrofé e increpé al gitano, y hasta le amenacé, si maltrataba de tal suerte a una criatura indefensa, con denunciarle a la autoridad que le aplicaría condigno castigo. No sé qué pasaría por dentro del alma del bohemio, sé que me escuchó muy grave, que chapurreó excusas y, al mismo tiempo, a guisa de amo de casa que hace cortesía, me acompañó, sacándome fuera de su domicilio, a pretexto de enseñarme los caballos y los carricoches; en términos que, al despedirme de aquel hombre, me creí en el deber de aflojar unas monedas..., que aceptó sin perder dignidad.

Al día siguiente, y los demás, volví al campamento y fui derecho a la tienda de la gitana... ¡No arméis alboroto ni me deis broma! Yo no sentía nada parecido a lo que suele llamarse no ya amor, sino solo interés o capricho por una mujer. Quizá por obra de la suciedad salvaje en que la gitana vivía envuelta, o por el carácter exótico de su hermosura de dieciséis abriles, lo que me inspiraba era una especie de lástima cariñosa unida a un desvío raro; yo no concebía, con tal mujer, sino la contemplación desinteresada y remota que despierta un cuadro o un cachivache de museo. A veces me creía inferior a ella, que procedía de raza más pura y noble, de aquel Oriente en el que la Humanidad tuvo su cuna; otras, por el contrario, se me figuraba un animal bravío, un ser de instinto y de pasión, a quien yo dominaba por la inteligencia. Y encontraba gusto de ir a verla únicamente porque ella, al aparecer yo, mostraba una alegría pueril, una exaltación inexplicable, sonriendo con labios muy rojos y dientes muy blancos, diciéndome palabras zalameras, contándome sus correrías, sus fatigas y sus deseos de regresar a una patria donde el firmamento no tuviese nubes ni llorase agua jamás. "Feo cuando llueve", repetía. A esto se redujo nuestro idilio... No tengo nada de héroe, y así que noté que el arrogante gitano fruncía las negrísimas y correctas cejas al encontrarme en sus dominios, espacié mis visitas y ni siquiera me despedí de mi amiga, pues los bohemios levantaron el campo de improviso una mañana y desaparecieron, sin dejar más huellas de su paso que varios montones de carbón y ceniza en el real, y dos o tres hurtos de poca monta que se les atribuyeron, quizá falsamente.

Hasta aquí la historia es bien sencilla... Lo novelesco empieza ahora.... y consiste en un solo hecho, que ustedes explicarán como gusten.... pues yo me lo explico a mi modo, y acaso esté en un error. Al mes de alejarse de mi ciudad la tribu cíngara, se supo por la prensa que en las asperezas de la sierra de los Castros habían descubierto unos pastores el cuerpo de una mujer muy joven, cuyas señas inequívocas coincidían con las de mi gitanilla. El cuerpo había sido enterrado a bastante profundidad, pero venteado por los perros y desenterrado prontamente, dio a la Justicia indicios de que se hallaba sobre la pista de un horrendo crimen. Se inició el procedimiento sin resultado alguno, porque los de la errante tribu estuvieron conformes en declarar que la gitanilla había huido, separándose de ellos, y que ellos no se habían acercado ni a veinte leguas de distancia de la sierra de los Castros. La muerte de la gitanilla fue un negro misterio más de tantos como no desentraña la justicia nunca. Sólo yo creí ver claro en el lance... Acordeme de las palabras que Cervantes pone en boca del gitano viejo: "Libres y exentos vivimos de la amarga pestilencia de los celos; nosotros somos los jueces y verdugos de nuestras esposas y amigas; con la misma facilidad las matamos y las enterramos por las montañas y desiertos como si fuesen animales nocivos; no hay pariente que las vengue ni padres que nos pidan su muerte..."

Convidada a la boda de Micaelita Aránguiz con Bernardo de Meneses, y no habiendo podido asistir, grande fue mi sorpresa cuando supe al día siguiente -la ceremonia debía verificarse a las diez de la noche en casa de la novia- que ésta, al pie mismo del altar, al preguntarle el obispo de San Juan de Acre si recibía a Bernardo por esposo, soltó un "no" claro y enérgico; y como reiterada con extrañeza la pregunta, se repitiese la negativa, el novio, después de arrostrar un cuarto de hora la situación más ridícula del mundo, tuvo que retirarse, deshaciéndose la reunión y el enlace a la vez.

No son inauditos casos tales, y solemos leerlos en los periódicos; pero ocurren entre gente de clase humilde, de muy modesto estado, en esferas donde las conveniencias sociales no embarazan la manifestación franca y espontánea del sentimiento y de la voluntad.

Lo peculiar de la escena provocada por Micaelita era el medio ambiente en que se desarrolló. Parecíame ver el cuadro, y no podía consolarme de no haberlo contemplado por mis propios ojos. Figurábame el salón atestado, la escogida concurrencia, las señoras vestidas de seda y terciopelo, con collares de pedrería; al brazo la mantilla blanca para tocársela en el momento de la ceremonia; los hombres, con resplandecientes placas o luciendo veneras de órdenes militares en el delantero del frac; la madre de la novia, ricamente prendida, atareada, solícita, de grupo en grupo, recibiendo felicitaciones; las hermanitas, conmovidas, muy monas, de rosa la mayor, de azul la menor, ostentando los brazaletes de turquesas, regalo del cuñado futuro; el obispo que ha de bendecir la boda, alternando grave y afablemente, sonriendo, dignándose soltar chanzas urbanas o discretos elogios, mientras allá, en el fondo, se adivina el misterio del oratorio revestido de flores, una inundación de rosas

blancas, desde el suelo hasta la cupulilla, donde convergen radios de rosas y de lilas como la nieve, sobre rama verde, artísticamente dispuesta, y en el altar, la efigie de la Virgen protectora de la aristocrática mansión, semioculta por una cortina de azahar, el contenido de un departamento lleno de azahar que envió de Valencia el riquísimo propietario Aránguiz, tío y padrino de la novia, que no vino en persona por viejo y achacoso -detalles que corren de boca en boca, calculándose la magnífica herencia que corresponderá a Micaelita, una esperanza más de ventura para el matrimonio, el cual irá a Valencia a pasar su luna de miel-. En un grupo de hombres me representaba al novio algo nervioso, ligeramente pálido, mordiéndose el bigote sin querer, inclinando la cabeza para contestar a las delicadas bromas y a las frases halagüeñas que le dirigen...

Y, por último, veía aparecer en el marco de la puerta que da a las habitaciones interiores una especie de aparición, la novia, cuyas facciones apenas se divisan bajo la nubecilla del tul, y que pasa haciendo crujir la seda de su traje, mientras en su pelo brilla, como sembrado de rocío, la roca antigua del aderezo nupcial... Y ya la ceremonia se organiza, la pareja avanza conducida con los padrinos, la cándida figura se arrodilla al lado de la esbelta y airosa del novio... Apíñase en primer término la familia, buscando buen sitio para ver amigos y curiosos, y entre el silencio y la respetuosa atención de los circunstantes.... el obispo formula una interrogación, a la cual responde un "no" seco como un disparo, rotundo como una bala. Y -siempre con la imaginación- notaba el movimiento del novio, que se revuelve herido; el ímpetu de la madre, que se lanza para proteger y amparar a su hija; la insistencia del obispo, forma de su asombro; el estremecimiento del concurso; el ansia de la pregunta transmitida en un segundo: "¿Qué pasa? ¿Qué hay? ¿La novia se ha puesto mala? ¿Que dice "no"? Imposible... Pero ¿es seguro? ¡Qué episodio!... "

Todo esto, dentro de la vida social, constituye un terrible drama. Y en el caso de Micaelita, al par que drama, fue logogrifo. Nunca llegó a saberse de cierto la causa de la súbita negativa.

Micaelita se limitaba a decir que había cambiado de opinión y que era bien libre y dueña de volverse atrás, aunque fuese al pie del ara, mientras el "sí" no hubiese partido de sus labios. Los íntimos de la casa se devanaban los sesos, emitiendo suposiciones inverosímiles. Lo indudable era que todos vieron, hasta el momento fatal, a los novios satisfechos y amarteladísimos; y las amiguitas que entraron a admirar a la novia engalanada, minutos antes del escándalo, referían que estaba loca de contento y tan ilusionada y satisfecha, que no se cambiaría por nadie. Datos eran éstos para oscurecer más el extraño enigma que por largo tiempo dio pábulo a la murmuración, irritada con el misterio y dispuesta a explicarlo desfavorablemente.

A los tres años -cuando ya casi nadie iba acordándose del sucedido de las bodas de Micaelita-, me la encontré en un balneario de moda donde su madre tomaba las aguas. No hay cosa que facilite las relaciones como la vida de balneario, y la señorita de Aránguiz se hizo tan íntima mía, que una tarde paseando hacia la iglesia, me reveló su secreto, afirmando que me permite divulgarlo, en la seguridad de que explicación tan sencilla no será creída por nadie.

-Fue la cosa más tonta... De puro tonta no quise decirla; la gente siempre atribuye los sucesos a causas profundas y trascendentales, sin reparar en que a veces nuestro destino lo fijan las niñerías, las "pequeñeces" más pequeñas... Pero son pequeñeces que significan algo, y para ciertas personas significan demasiado. Verá usted lo que pasó: y no concibo que no se enterase nadie, porque el caso ocurrió allí mismo, delante de todos; solo que no se fijaron porque fue, realmente, un decir Jesús.

Ya sabe usted que mi boda con Bernardo de Meneses parecía reunir todas las condiciones y garantías de felicidad. Además, confieso que mi novio me gustaba mucho, más que ningún hombre de los que conocía y conozco; creo que estaba enamorada de él. Lo único que sentía era no poder estudiar su carácter; algunas personas le juzgaban violento; pero yo le veía siempre cortés, deferente, blando como un guante. Y recelaba que adoptase apariencias destinadas a engañarme y a encubrir una fiera y avinagrada condición. Maldecía yo mil veces la sujeción de la mujer soltera, para la cual es imposible seguir los pasos a su novio, ahondar en la realidad y obtener informes leales, sinceros hasta la crudeza -los únicos que me tranquilizarían-. Intenté someter a varias pruebas a Bernardo, y salió bien de ellas; su conducta fue tan correcta, que llegué a creer que podía fiarle sin temor alguno mi porvenir y mi dicha.

Llegó el día de la boda. A pesar de la natural emoción, al vestirme el traje blanco reparé una vez más en el soberbio volante de encaje que lo adornaba, y era el regalo de mi novio. Había pertenecido a su familia aquel viejo Alençón auténtico, de una tercia de ancho -una maravilla-, de un dibujo exquisito, perfectamente conservado, digno del escaparate de un museo. Bernardo me lo había regalado encareciendo su valor, lo cual llegó a impacientarme, pues por mucho que el encaje valiese, mi futuro debía suponer que era poco para mí.

En aquel momento solemne, al verlo realzado por el denso raso del vestido, me pareció que la delicadísima labor significaba una promesa de ventura y que su tejido, tan frágil y a la vez tan resistente, prendía en sutiles mallas dos corazones. Este sueño me fascinaba cuando eché a andar hacia el salón, en cuya puerta me esperaba mi novio. Al precipitarme para saludarle llena de alegría por última vez, antes de pertenecerle en alma y cuerpo, el encaje se enganchó en un hierro de la puerta, con tan mala suerte, que al quererme soltar oí el ruido peculiar del desgarrón y pude ver que un jirón del magnífico adorno colgaba sobre la falda. Solo que también vi otra cosa: la cara de Bernardo, contraída y desfigurada por el enojo más vivo; sus pupilas chispeantes, su boca entreabierta ya para proferir la reconvención y la injuria... No llegó a tanto porque se encontró rodeado de gente; pero en aquel instante fugaz se alzó un telón y detrás apareció desnuda un alma.

Debí de inmutarme; por fortuna, el tul de mi velo me cubría el rostro. En mi interior algo crujía y se despedazaba, y el júbilo con que atravesé el umbral del salón se cambió en horror profundo. Bernardo se me aparecía siempre con aquella expresión de ira, dureza y menosprecio que acababa de sorprender en su rostro; esta convicción se apoderó de mí, y con ella vino otra: la de que no podía, la de que no quería entregarme a tal hombre, ni entonces, ni jamás... Y, sin embargo, fui acercándome al altar, me arrodillé, escuché las exhortaciones del obispo... Pero cuando me preguntaron, la verdad me saltó a los labios, impetuosa, terrible... Aquel "no" brotaba sin proponérmelo; me lo decía a mí propia.... ¡para que lo oyesen todos!

-¿Y por qué no declaró usted el verdadero motivo, cuando tantos comentarios se hicieron?

-Lo repito: por su misma sencillez... No se hubiesen convencido jamás. Lo natural y vulgar es lo que no se admite. Preferí dejar creer que había razones de esas que llaman serias...

Hija única de cariñosos padres, que la habían criado con blandura, sin un regaño ni un castigo, Martina fue la alegría del honrado hogar donde nació y creció. Cuando se puso de largo, la gente empezó a decir que era bonita, y la madre, llena de inocente vanidad, se esmeró en componerla y adornarla para que resaltase su hermosura virginal y fresca. En el teatro, en los bailes, en el paseo de las tardes de invierno y de las veraniegas noches, Martina, vestida al pico de la moda y con atavíos siempre finos y graciosos, gustaba y rayaba en primera línea entre las señoritas de Marineda. Se alababa también su juicio, su viveza, su agrado, que no era coquetismo, y su alegría, tan natural como el canto en las aves. Una atmósfera de simpatía dulcificaba su vivir. Creía que todos eran buenos, porque todos le hablaban con benevolencia en los ojos y mieles en la boca. Se sentía feliz, pero se prometía para lo futuro dichas mayores, más ricas y profundas, que debían empezar el día en que se enamorase. Ninguno de los caballeretes que revoloteaban en torno de Martina, atraídos por la juventud y la buena cara, unidas a no despreciable hacienda, mereció que la muchacha fijase en él las grandes y rientes pupilas arriba de un minuto. Y en ese minuto, más que las prendas y seducciones del caballerete, solía ver Martina sus defectillos, chanceándose luego acerca de ellos con las amigas. Chanzas inofensivas, en que las vírgenes, con malicioso candor, hacen la anatomía de sus pretendientes, obedeciendo a ese instinto de hostilidad burlona que caracteriza el primer período de la juventud.

Así pasaron tres o cuatro inviernos; en Marineda empezó a susurrarse que Martina era delicada de gusto, que picaba alto y que encontrar su media naranja le sería difícil.

Sin embargo, al aparecer en la ciudad el capitán de Artillería Lorenzo Mendoza, conocióse que Martina había recibido plomo en el ala. Lorenzo Mendoza venía de Madrid: era apuesto, cortés, reservado, serio, más bien un poco triste, aunque en sociedad se esforzaba por parecer ameno y expansivo; su vestir y modales revelaban el hábito de un trato escogido y de un respeto a sí mismo que no degeneraba en fatuidad ni en afectación; sin que presumiese de buen mozo, era en extremo simpática su cara morena, de oscura barba y facciones expresivas. Con todo esto, hay más de lo necesario para sorber el seso a una niña provinciana, hasta sin pretenderlo, como,-en efecto, no lo pretendía Mendoza al principio. Las bromas de los compañeros, la fama de "picar alto" de Martina y también sus atractivos y gracias, su belleza en plena florescencia entonces impulsaron a Mendoza a acercársele, a preferir su conversación y, poco a poco, a cortejarla.

El pintor que quisiese trazar una personificación de la dicha, pudo tomar a Martina por modelo en aquella época deliciosa en que creía sentir que su sangre circulaba como río de néctar y su corazón se iluminaba como ardiente rubí en la perpetua fiesta de sus esperanzas divinas.

Al ocupar Lorenzo la silla libre al lado de la muchacha, ésta se ponía alternativamente roja y pálida; sus oídos zumbaban, brillaban sus ojos, enfriábanse sus manos de emoción; y a las primeras palabras del capitán, un gozo embriagador fijaba en la boca de Martina una sonrisa como de éxtasis.

Rara vez dejan de provocar envidia estas felicidades, y más cuando no se ocultan, como no ocultaba la suya Martina, que no veía razón para esconder un sentimiento puro y legítimo. Si no fue la envidia, fue la curiosidad la que escudriñó el pasado de Mendoza, como se registra una casa para encontrar un arma oculta y herir con ella. Y averiguose sin gran esfuerzo -porque casi todo se sabe, aunque se sepa truncado y sin ilación lógica que Mendoza, al venirse, había cortado una de esas historias pasionales, borrascosas, largas, complicadas; un imposible adorado y funesto, de esos lazos que obligan a huir a los confines del mundo y que, elásticos a medida de la ausencia, no siempre se rompen por mucho que se estiren. Con la falta de penetración que caracteriza al vulgo, opinaban los curiosos de Marineda que Mendoza habría olvidado inmediatamente a su tirana, la cual, sobre costarle desazones y amarguras sin cuento, ni era niña ni hermosa. Al lado de aquel capullo, de aquella Martina cándida y radiante como un amanecer y que llevaba en sus lindas manos un caudal, ¿qué podía echar de menos el bizarro capitán de Artillería?

Así y todo, almas caritativas se deleitaron en enterar de la historia vieja al padre de Martina, seguros de que él, solícito e inquieto, a su hija se lo había de contar. No se equivocaban; una noche, en el paseo del terraplén, a la hora en que la salitrosa brisa del mar refresca el rostro y vigoriza el ánimo, y en que la música militar, sonora y vibrante, cubre la voz y sólo permite el cuchicheo íntimo y dulce de los enamorados, Martina preguntó lealmente y Lorenzo contestó turbado y sombrío... ¿Quién se lo había dicho?... Tonterías. Eran cosas pasadas, bien pasadas; muertas y bien muertas. Mendoza no comprendía ni por qué las recordaba nadie, ni a santo de qué las sacaba a relucir Martina... Y ella, alzando los ojos llenos de lágrimas y relucientes de pasión, sonriendo de aquel modo extático suyo, olvidando el lugar donde se encontraban, murmuró hondamente:

-No me he de casar con otro sino contigo, y me parece justo saber si hay algo que lo estorbe.

Conmovido, sin darse cuenta de lo que hacía, Mendoza se inclinó y buscando disimuladamente la mano de la muchacha y estrechándola con apretón furtivo entre el remolino de los paseantes, que encubre tales expansiones, le murmuró al oído:

-Pues no hay nada.... y por mí que sea prontito... ¡Te quiero!

Al acabar la frase Mendoza, Martina se volvió hacia su padre, que venía detrás, exclamando:

-No estoy bien... Llévame a sentarme... ¡El brazo!

Pronto se repuso, porque la alegría puede trastornar, pero hace daño rara vez; y de allí a dos semanas, la boda de Martina y de Mendoza era noticia oficial, y se sabía el encargo del equipo y galas, y se discutía el mobiliario y alojamiento de los novios.

Se fijó la ceremonia para fines de septiembre. ¿Qué falta hacía esperar? El amor que está en sazón debe cogerse como la fruta madura. Iban llegando cajones con ropa blanca, trajes de seda, capotitas, estuches de joyas. En la sala de los padres de Martina servía de escaparate ancha mesa; amigas y amigos venían, contemplaban, aprobaban censuraban y salían contentos, displicentes o taciturnos, según su carácter más o menos generoso. Martina, todas las mañanas arrancaba triunfalmente una hoja del calendario, cortado ya por la fecha de la boda. ¡Qué pocas hojas faltan! ¡Diez.... ocho.... una semanita no más! Este domingo es el último de soltera.... cuatro días... Mañana... Sí, mañana; a las ocho; ahí están el vestido blanco, los guantes blancos, el abanico, el azahar que llegó de Valencia y que embalsama el ambiente. Lorenzo venía por las noches a hacer tertulia a su novia y se mostraba galán, aunque siempre grave.

La víspera de la boda, Martina le esperaba, como de costumbre, en el gabinetillo. La madre, que vigilaba sus coloquios, no creyó que aquella noche fuese preciso hacer centinela: ocupada en quehaceres múltiples, dejó sola a su hija. Y Martina, en vez de alegrarse, sintió de pronto una pena agobiadora, inmensa, una desolación sin límites, un miedo horrible a algo que no se explicaba ni se fundaba en nada racional. Tardaba ya Mendoza. Sonó la campanilla y, por instinto, Martina se lanzó a la escalera. El criado le presentó una carta que acababa de traer "el asistente del señorito". ¡Una carta! Las piernas de Martina parecían de algodón; creyó que nunca podría andar el trecho que separaba la antesala del gabinete. Se acercó a la lámpara, rompió el sobre, leyó... Antes que sus ojos la había leído su corazón, fiel zahorí.

Aquellas excusas, aquellas forzadas frases de cariño, aquellas mentiras con que se pretendía paliar la infame deserción, las presentía Martina desde una hora antes. Y los motivos de la repentina marcha bien sabía Martina que no eran los que fingía la carta, sino otros, que no podían decirse; pero que explicaban a la vez el viaje y la continua tristeza, invencible, misteriosa, de su futuro... Llamábale otra vez el abismo; resucitaba lo que sin duda no había muerto. Martina cayó desplomada en el sofá; no lloraba, gemía bajito, como quien reprime la queja de mortal dolor. Sin embargo, la misma violencia del golpe, la indignación -mil sentimientos confusos- la impulsaron a levantarse, tomar un fósforo, pegar fuego a la carta, abrir la ventana y echar a volar las cenizas, cual si temiera que la delatasen. Buscando luego a sus padres, les declaró con voz firme y serena que había renunciado por su gusto y deliberadamente, a casarse con Lorenzo Mendoza, al cual no volverían a ver más, porque salía aquella noche en el tren correo hacia Madrid.

Poseían los padres de Martina una casa de campo no muy distante de la ciudad, y en ella se ocultaron con su hija para dejar disiparse la primera polvareda de la deshecha boda. Allí pasaron el invierno; Martina parecía contenta. Le hablaron de viajes a la corte, al extranjero; rechazó la idea con disgusto. Vino la primavera, y ya no pensaron en dejar la residencia campestre. Al acercarse el otro invierno preguntaron a Martina, y pidió, por favor, encarecidamente, un año más de soledad.

La misma escena se repitió al siguiente; los padres empezaron a impacientarse; les parecía que ya era hora de que su hija volviese al mundo y se le buscase otro novio formal y auténtico, que borrase de su memoria lo pasado. Mas en esto aconteció que enfermaron los viejos, y con distancia de pocos días se los llevó el sepulcro: al padre, una fiebre reumática, y a la madre, un inveterado padecimiento del corazón. Martina, sola ya, de luto riguroso, negose a recibir pésames, a admitir consuelos de amigas, y se encerró más que nunca entre las paredes de su tapia y entre los árboles de su solitaria finca. Corrió algún tiempo. En Marineda ya apenas se hablaba de Martina. Los más la creían maniática. No la trataba nadie.

Una tarde resonó el aldabón de la portalada con los golpes que daba un jinete, que regía un caballejo castaño. El hortelano salió a abrir, y contestó la frase sacramental: la señora no estaba, y, además, no acostumbraba recibir visitas.

-Dígale usted -objetó el jinete apeándose- ¡que es don Lorenzo Mendoza!... Puede ser que entonces...

A los diez minutos volvía el hortelano con respuesta negativa, terminante. Mendoza bajó la cabeza e hizo ademán de volver a montar. De pronto, como si variase de parecer y obedeciese a una inspiración súbita, arrollando al hortelano, cruzó la puerta, se metió patio adentro, subió una escalera exterior tapizada de madreselvas, que daba acceso a la casa, y entró en una sala oscura, de vidriera entornada, silenciosa. Oyó un grito de mujer; fue derecho a donde sonaba y estrechó a Martina en los brazos. No hubo palabras; todo se expresó con halagos, inarticulados sones, caricias insensatas por parte de él; primero, rechazadas, débilmente, y pagadas, luego. Después vinieron las excusas, los ruegos, las explicaciones que Mendoza dio casi de rodillas y ella oyó trémula, desfallecida, reclinada la cabeza en el hombro del suplicante. Y siguieron las promesas, los juramentos, las protestas de enmienda y lealtad, los plazos de ventura que Mendoza desarrollaba risueño, enclavijando sus dedos en los de Martina, que no oponían resistencia. La noche caía; la luna llena se alzaba blanca y apacible; las madreselvas exhalaban su balsámico aroma. Los antiguos novios eran ya amantes; la primavera se trocaba en estío, y el enajenado Mendoza no echó de ver que Martina, en medio de su delirio, a veces gemía muy bajo, como quien reprime la queja de mortal dolor, como había gemido años antes al recibir la carta de despedida.

A la mañana siguiente, cuando despertó Mendoza, no vio a Martina..., la llamó a voces y no contestó nadie. Por fin acudieron los criados; sabían que su ama se había marchado tempranito, pero ignoraban adónde.

En Marineda se supo sin asombro, a la semana siguiente, que Martina vivía reclusa, como "señora de piso", en un convento de Compostela. Lo que nunca se divulgó fue que hubiera adoptado tal resolución para evitar el sonrojo de sentirse morir de felicidad cerca de "aquel" que un día la engañó y vendió.

Habíase enamorado Vicente de Laura oyéndola cantar una opereta en que desempeñaba, con donaire delicioso, un papel entre cómico y patético. La natural hermosura de la cantante parecía mayor realzada por atavío caprichoso y original, al reflejo de las candilejas, que jugueteaban en la tostada venturina de sus ondeantes y sueltos cabellos, flotantes hasta más abajo de la rodilla. Hallábase Laura en estos primeros años felices de la profesión en que un nombre, después de hacerse conocido, llega a ser célebre; esos años en que la chispita de luz se convierte en astro, y los homenajes, las contratas, los ramilletes, las joyas, los retratos en publicaciones ilustradas, los artículos elogiosos caldeados por el entusiasmo, llueven sobre la artista lírica, halagando su vanidad, exaltando su amor propio y haciéndola soñar con la gloria. ¿Por qué entre el enjambre de adoradores que zumbaban a su alrededor Laura distinguió a Vicente, escogió a Vicente, oficial que no poseía más que su espada y un apellido, eso sí, muy ilustre: el sonoro apellido hispanoárabe de Alcántara Zegrí?

Lo cierto es que la elección de Laura fue muy perjudicial a su tranquilidad y dicha. Vicente Zegrí, como le llamaban sus amigos, por atavismo y tradiciones de raza, llevaba en la sangre el virus corrosivo de los celos; y si esta enfermedad moral hace estragos dondequiera que aparece, no pueden calcularse sus consecuencias en hombre que ama a mujer de profesión artística, cuyas gracias, en cierto modo, tiene derecho el público a usufructuar. Antes anduvo Vicente rabioso que gozoso; tragó la hiel cuando aún no gustara la miel, y nunca recibió el divino premio de los halagos de la amada sin que se lo amargasen con amargor de muerte negras sospechas, infames imaginaciones y desesperados recelos. Tanto pudo con él esta fatiga y desazón celosa, que un día o, para no faltar a la verdad, una noche en que a la salida del teatro había acompañado a Laura -ya no acertó a reprimirse, y abrió su corazón, mostrando lo profundo de la llaga.

-Mi sufrimiento es tal -declaró, estrujando las manos de su amiga, en aquel momento heladas de terror-, que necesito echar por la calle de en medio, realizar una acción decisiva; a seguir así me volvería loco, haga lo que haga, quiero hacerlo estando cuerdo, poseyendo la conciencia de mis actos. Cuando te aplauden, siento impulsos de prender fuego al teatro- cuando se te llena de necios y de osados el camerino, se me ocurre sacar la espada y entrar pegando tajos a diestro y siniestro. La tentación es tan fuerte, que por no ceder a ella, suelo marcharme a mi casa; pero como me conozco y sé que tarde o temprano cedería, prefiero consultarte, confesarme contigo, a ver si entre los dos discurrimos modo de salvarnos.

Laura miraba fijamente al oficial, notando con profundo estremecimiento el brillo siniestro de sus pupilas, el temblor involuntario de sus labios, cárdenos, lo fruncido de sus cejas, la crispación de sus dedos, la alteración de su voz y con dulce sonrisa y acento que chorreaba ternura, le preguntó, entre un intento de caricia que rehuyó el celoso:

-¿Y qué has pensado hacer, Vicente mío? Ya que discutimos amigablemente, dímelo sin reparo y te contestaré con franqueza.

-¡He pensado que nos casemos, que seas mi esposa! -declaró Zegrí.

-¿Y que yo... renuncie al arte?

-¡Pues si no renunciases, bonito negocio! -exclamó el enamorado con exaltada vehemencia-. Te habrás figurado otra cosa, ¿eh? Desde el momento en que Vicente Zegrí se llame tu marido, a tu marido pertenecerás, y él solo él podrá contemplar tus hechizos, oír tu canto y ver desatada esta cabellera -al hablar así agarró la profusa mata de pelo, sacudiéndola con furor apasionado.

Púsose Laura más blanca que los encajes de su bata de seda; el tirón había dolido; pero ni la sonrisa se apartó de sus labios ni un punto cambió la lánguida y acariciadora expresión de sus ojos. Dirigiéndose a Vicente con reposo y dulzura, le interrogó:

-¿Me permites que te cuente un cuento oriental? Me lo refirieron allá en Rusia, donde he cantado hace dos inviernos, donde tienen muchas ganas de que vuelva una temporadita.

Pasándose la mano por la frente, como para espantar una pesadilla, Vicente hizo con la cabeza señal de que estaba dispuesto a oír.

-Parece -empezó Laura- que hubo en Rusia, no sé en qué siglo, un rey muy malo y feroz, a quien le pusieron por sus desafueros y tiranías el sobrenombre de Iván el Terrible. Aunque con Dios no debía de estar muy a bien, el caso es que se le ocurrió construir una catedral magnífica, dedicada a un santo, que allí la llaman Vassili Blagennoi, lo cual significa el Bienaventurado Basilio.

-¿Y qué tiene que ver...? -murmuró Vicente, no sin impaciencia.

-¡Aguarda, aguarda! El rey buscó mucho tiempo arquitecto capaz de comprender toda la suntuosidad y grandeza que él deseaba para la catedral, hasta que por fin se presentó uno con un plano asombroso, que dejó al rey encantado. Elevóse el templo, y fue pasmo y admiración de todos; y el rey, contentísimo, colmó de regalos y de honores y distinciones al arquitecto. Un día, terminadas las obras, le llamó a palacio y le preguntó si se creía capaz de erigir otro templo tan magnífico y sorprendente como aquel. El arquitecto, lisonjeado, respondió que sí, y que hasta esperaba idear nuevo edificio que superase al primero en belleza y esplendor. Entonces, el bárbaro rey, sirviéndose del agudo chuzo de hierro que llevaba siempre a la cintura, le vació al pobre arquitecto los dos ojos, uno tras otro, a fin de que jamás pudiese construir para nadie un templo.

Laura calló, y Vicente Zegrí, que acababa de comprender la moraleja del apólogo, la miró con una especie de extravío. Ligera espuma asomó al canto de su boca y por su venas serpeó el frío sutil del aura epiléptica, que incita al crimen, dominándose con esfuerzo supremo, se incorporó, dispuesto a marcharse y articuló pausadamente mientras recogía su airosa capa española:

-Ese rey hizo mal. Sacar los ojos es acción propia de un verdugo. Si quería inutilizar al arquitecto, debió matarle.

Diciendo así, con súbito impulso, se acercó Vicente a Laura, la rodeó con los brazos, y tan violentamente la apretó, de tan insensato modo, incrustándole tan reciamente los dedos en las costillas, que la artista exhaló un grito de miedo, un chillido que salía del fondo de su ser, de esos que solo dicta el instinto de conservación, el horror a la nada y al sepulcro. Al oír el grito, Vicente la soltó, embozóse en su capa y salió tropezando con las paredes.

Pasose lo que faltaba hasta el amanecer vagando por las calles, en un estado tan horrible, que dos o tres veces se recostó en una puerta para llorar. El día que siguió a aquella noche no fue menos cruel. Escribió a Laura cien cartas que desgarraba después con furia; adoptó y desechó mil planes contradictorios; pensó en echarse de rodillas, en suicidarse, en abrasar el barrio, en secuestrar a su amada a viva fuerza y, por último, la idea de la muerte fue la que se esculpió en su espíritu con relieve poderoso. Su alma pedía sangre, hierro y fuego, violencia, destrozo y aniquilamiento; el instinto anárquico, que tantas veces acompaña al amor, se alzaba, rugiente y desatado, como racha de huracán. Ya ni siquiera intentaba Vicente recobrar la razón, la cordura y el aplomo; las imágenes suscitadas por los celos, Laura atrayendo a sí los ojos de tantos hombres, que se recreaban en sus gracias y picardías, que bebían su voz, que la admiraban con el cabello suelto, eran flechas de llama que le desatinaban, como al toro la ardiente banderilla. Ni aun creía amar a Laura; la consideraba una enemiga mortal. Figurábase por momentos que la odiaba con toda la voluntad iracunda, y este odio clamaba por saciarse y gozarse en la destrucción.

Llegada la hora de ir al teatro, donde cantaba Laura una de las operetas en que estaba más linda y recogía más aplausos, Vicente, resuelto, algo aliviado por la decisión fiera, concreta, irrevocable, se echó al bolsillo el revólver.

Si sufría demasiado..., allí tenía el remedio. Ya habían alzado el telón, pero no aparecía Laura, y Vicente, abstraído en su frenesí, hubo de notar, por fin, que la gente profería exclamaciones de descontento y que la función no era la anunciada, la que Laura debía representar. Alarmado, antes de terminarse el acto dejó su asiento, corrió a informarse entre bastidores... Aquella mañana misma, la cantante había rescindido su contrato, perdiendo lo que quiso el empresario, y partido en dirección a San Petersburgo.

Aquella tienda de ultramarinos de la calle Mayor regocijaba los ojos y era orgullo de los moradores de la ciudad, quienes, después de mostrar a los forasteros sus dos o tres monumentos románicos y sus docks, no dejaban de añadir: "Fíjese usted en el establecimiento de Ríopardo, que compite con los mejores del extranjero."

Y competía. Los amplios vidrios, los escaparates de blanco mármol, las relucientes balanzas, los grifos de dorado latón, el artesonado techo, las banquetas forradas de rico terciopelo verde de Utrecht, las brillantes latas de conservas formando pirámides, las piñas y plátanos maduros en trofeo; las baterías de botellas de licor, de formas raras y charoladas etiquetas, todo alumbrado por racimos de bombillas eléctricas, hacían del establecimiento un suntuoso palacio de la golosina. Así como en Madrid salen las señoras a revolver trapos, en la apacible capital de provincia salían a "ver qué tiene Ríopardo de nuevo". Ríopardo sustituía al teatro y a otros goces de la civilización; y los turrones y los quesos, y los higos de Esmirna eran el pecadillo dulce de las pacíficas amas de casa y sus sedentarios maridos, por lo cual no faltaban censores malhumorados y flatulentos que acusasen a Ríopardo de haber corrompido las costumbres y trocado la patriarcal sencillez de las comidas en fausto babilónico...

Entre tanto, el establecimiento medraba, y Ríopardo, moreno, afeitado, lucio, adquiría ese aplomo que acompaña a la prosperidad. Los negocios iban como una seda, y esperaba morir capitalista, a semejanza de otros negociantes de la misma plaza que habían tenido comienzos más humildes aún... Hoy convenía trabajar, aprovechando el vigor de los treinta años y la salud férrea. De día, desde las seis de la mañana, al pie del cañón, haciendo limpiar y asear, pesando, despachando, cobrando; de noche, compulsando registros, copiando facturas, contestando cartas..., y así, sin descanso ni más intervalo que el de algún corto viaje a Barcelona y Madrid.

De uno de estos volvió casado Ríopardo; su mujer, linda muchacha, hija de un perfumista, apareció en la tienda desde el primer día, ayudando en el despacho a su marido y al dependiente. La cara juvenil y la fina habla castellana de María fueron otro aliciente más para la clientela. Sin ser activa ni laboriosa como su esposo, María era zalamera y solícita, y daba gozo verla, bien ceñida de corsé, muy fosca de peinado, cortar con su blanca manecita de afinados dedos una rebanada de Gruyère o una serie de rajas de salchichón, sutiles como hostias, pesarlas pulcramente y envolverlas en papeles de seda, atados con cinta azul. La tienda sonreía, animada por el revuelo de unas faldas ligeras, y nadie como María para aplacar a una parroquiana descontenta, para halagar a un parroquiano exigente, para regalar un cromo a un niño o deslizar un puñado de dátiles en el delantal de una cocinera gruñona.

El ejemplo de María, su atractivo, su complacencia habían influido en el dependiente Germán. Mientras estuvo solo con Ríopardo, Germán era hosco, indiferente y torpe; no se mudaba, no se rasuraba. María le arregló el cuarto -porque Germán vivía con sus patronos en el piso principal-, le surtió de un buen lavabo, de toallas; le repasó la ropa blanca y le compró cuellos y puños, con lo cual el dependiente sacó a luz su figura adamada, su rubio pelo rizado con gracia sobre la sien, y las criadas y las mismas señoras compraron de mejor gana en el establecimiento, que al fin las cosas de bucólica gusta recibirlas de gente aseada, moza y no fea... "También se come con la vista", solían decir.

Una tarde, casi anochecido, Ríopardo, volviendo de arreglar asuntos urgentes en la Aduana, prefirió entrar en su casa por la puerta trasera, que caía a la Marina, ahorrándose así diez minutos de callejeo inútil, pues era, a fuer de hombre de acción, avaro de tiempo. Tenía en el bolsillo el llavín; abrió, salvó un pasadizo y empujó la puerta del almacén que cedió sin rechinar. El almacén, atestado de latas de petróleo, bocoyes de aguardiente y aceite, y sacas de arroz y harina, estaba a oscuras, y allá a su extremidad, Ríopardo creyó percibir un cuchicheo ahogado y suave. Se detuvo, resguardado por una gran barrica y miró. Al pronto no se ve nada viniendo de afuera, cuando la luz es poca; pero a los tres minutos la vista se acostumbra y algo se percibe. Ríopardo logró distinguir dos personas. De pronto, una de ellas, Germán, dijo en alta voz: "Está alguien en la tienda" Y el modo de separarse, brusco, azorado, fue más inequívoco aún que la proximidad de los dos bultos...

Retrocedió Ríopardo; salió por donde había entrado y sin cuidarse ya de economizar tiempo, penetró por la tienda en su casa. Cerróse ésta a la hora habitual; cenaron los tres: marido, mujer y dependiente, y se recogieron en paz a sus respectivos dormitorios María y Germán, Ríopardo volvió a bajar; era el momento de repasar las cuentas y manejar libros. Llevaba su linterna sorda, que le servía para registrar el almacén, en precisión de un incendio; y ya dentro del vasto recinto empezó por atrancar la puerta que daba al pasadizo y probar los cerrojos de la que con la tienda comunicaba.

Después, entregóse a una faena extraña: abrió buen número de latas de petróleo y las inclinó para que el mineral corriese por el suelo; en seguida, ensopando una gran escoba en los charcos que se formaban, barnizó bien un punto determinado del techo, rociándolo de continuo con hisopazos fuertes. De un rincón trajo brazadas de paja, papeles y astillas -residuos de los embalajes de las botellas-, y los hacinó hasta formar una pirámide, que con ayuda de una escalera subió a la altura de las vigas del techo, en el mismo punto en que las había untado de petróleo. Hecho esto, siguió destapando latas y dio la vuelta al grifo de un inmenso barril de alcohol. El trajín había sido largo; Ríopardo sentía que un sudor helado brotaba de sus cabellos. Descansó un instante y miró el reloj: era la una menos cuarto. Entonces se descalzó, abrió la puerta exterior, dejándola arrimada, subió furtivamente la escalera y no paró hasta su alcoba. María dormía o aparentaba dormir serenamente. La alcoba no tenía ventana. Ríopardo, con maravilloso silencio, colocó delante de la vidriera sillas, butacas, ropas, un cofre, cuantos objetos pudo trasladar sin hacer ruido.

Retiróse, y al salir echó por fuera cerrojo y llave a la puerta del gabinete que comunicaba con la alcoba. Descendió otra vez a la tienda, metióse en el almacén, raspó un fósforo, encendió una mecha corta y la aplicó al suelo encharcado de aceite mineral. La llamarada súbita que se alzó le chamuscó pestañas y cabellos. Solo tuvo tiempo de huir a la tienda. El almacén no tardaría tres minutos en ser un brasero enorme.

El marido, con flema, se calzó, se limpió las manos y subió pisando recio. Golpeó la puerta del dormitorio de Germán que salió medio desnudo, despavorido. "Creo que hay fuego... Huele a humo... Baje usted... ¡No, antes de pedir socorro hay que cerciorarse!" Germán se precipitó sin más ropas que unos pantalones vestidos a escape y babuchas. Mal despierto aún del primer sueño de los veinte años, casi no comprendía lo que pasaba. Le precedía Ríopardo con la indispensable linterna.

Tienda y portal estaban llenos de un humo acre, asfixiante. "Pase usted; mire a ver dónde es..." Titubeaba el dependiente, ciego y atónito; Ríopardo le empujó, le precipitó, ya sin disimular, dentro del horno, y aún tuvo fuerzas para correr los cerrojos y huir, saliendo al portal y a la calle. En ella respiró con delicia, cerciorándose de que por allí no andaba el sereno ni pasaba nadie, y probablemente sucedería lo mismo durante el cuarto de hora necesario...

Sin embargo, a los diez minutos el humo era tal, que temeroso de ver abrirse las ventanas y oír voces de socorro, el mismo Ríopardo gritó. Al llegar los primeros auxilios, la casa, sobre todo el bajo y el principal, no formaban más que una hoguera. Se atendió a aislar las casas vecinas y a salvar con escalas a los inquilinos del segundo y tercero. La fatalidad -observaron las gentes- quiso que el fuego se iniciase en la parte del almacén que correspondía con el dormitorio de la esposa de Ríopardo, la cual, asfixiada por el humo, ni pudo levantarse a pedir socorro. Apareció carbonizada, lo mismo que el dependiente, presunto reo de imprudencia temeraria por fumar en el almacén.

No estando aseguradas las existencias del establecimiento, sobre el dueño no recayeron sospechas, sino gran lástima. Arruinado casi completamente, no faltó quien, estimando sus cualidades mercantiles, su laboriosidad, le adelantase dinero para abrir otra lonja; pero Ríopardo dice tristemente a su antigua y fiel clientela:

-Ya no tengo ilusión... ¡Una esposa y un dependiente como los que perdí no he de encontrarlos nunca!

-¿Y qué tal tu marido? -preguntó Rosalía a su amiga de la niñez Beatriz Córdoba, aprovechando el momento de intimidad y confianza que crea entre dos personas la atmósfera común, tibia de alientos y saturada de ligeros perfumes, de una berlina bien cerrada, bien acolchada rodando por las desiertas calles del Retiro a las once de una espléndida y glacial mañana de diciembre.

-¿Mi marido? -contestó Beatriz marcando sorpresa, porque creía que su completa felicidad debía leerse en la cara-. ¿Mi marido? ¿No me ves? ¡Otro así!...

Por la de nadie cambiaría yo mi suerte...

Rosalía hizo un gestecillo, el mohín de instinto malévolo con que los mejores amigos acogen la exhibición de la ajena dicha, y murmuró impaciente:

-Mira; yo no te pregunto de interioridades. No soy tan indiscreta... Me refería a las ideas religiosas... ¿No te acuerdas?... ¡Gonzalo era... así.... de la cáscara amarga, vamos!

Beatriz guardó silencio algunos instantes; y después, como se resolviese a completas revelaciones, de esas que hacemos más por oírnos a nosotros mismos que porque un amigo las escuche, se volvió hacia su compañera de encierro, y alzando el velito a la altura de la nariz par emitir libremente la voz, habló aprisa:

¡La irreligiosidad de Gonzalo! ¿Y si te dijese que por ella estuvimos a punto de no casarnos nunca? La pura verdad. Tú ya sabes que Gonzalo es mi primo, y mi familia y la suya siempre soñaron con hacer la boda, hasta que la mala reputación de Gonzalo en materias religiosas desbarató por completo el proyecto. Bien conociste a la pobre mamá, y no extrañarás si te digo que llegó al extremo de cerrarle la puerta a Gonzalo a piedra y lodo; vino diez veces por lo menos ¡y siempre habíamos salido! "Reconozco -decía mamá- que mi sobrino es muy simpático, que ha recibido una educación escogida, que posee una ilustración más que mediana; no puede negar su hermosa figura, ni su clara inteligencia, ni su caballerosidad; tiene mi sangre, no le faltan bienes de fortuna.... pero me horroriza pensar que no cree en nada y ni se toma el trabajo de disimularlo. Malo es padecer desvaríos del alma, y peor no ocultarlos siquiera." Al escuchar estas cosas yo salía a la defensa de Gonzalo: no me era posible dejar de quererle... un poco... es decir, ¡mucho! Francamente, le seguía queriendo, incapaz de olvidar los tiempos en que le consideraba mi novio. Mamá notó de qué pie cojeaba su hija, y, para desimpresionarme, arregló mis bodas con Leoncio Díaz Saravia, el que ahora es subsecretario de Gobernación; era muchacho de valía, se le presentaba un porvenir brillante; pero así y todo, yo no estaba entusiasmada; a lo sumo, me resignaba, sin frío ni calor, al casamiento. ¡Somos tan raros! lo único que me prestaba cierta tranquilidad, lo que me daba fuerzas cuando sentía sobre mí el peso abrumador de una tristeza involuntaria, era la voz que corría de que Gonzalo no quería amores, de que había resuelto no casarse jamás. "Eso lo hace por mí, por mi recuerdo", pensaba yo; y me consolaba al pensarlo.

-El que no se consuela...- murmuró sonriendo Rosalía, mientras alisaba con repetidos pases la blanda y densa piel de su manguito.

-Un día.... no, una noche, porque estábamos en el teatro cuando nos enteramos.... cundió la noticia de que Gonzalo, en un café, la había emprendido a bofetadas con un sujeto, y que se encontraban desafiados; lance serio, en condiciones de las que ya no se estilan, a quedar uno sobre el terreno... ¿Causa del conflicto? Voz unánime: "una mujer." El mismo Gonzalo lo confesaba, según decían los bien informados: tratábase de una señora, insultada delante de Gonzalo, y cuya defensa había tomado éste hiriendo el rostro del villano ofensor... ¡Lo que yo sentí! ¡En qué estado volví a casa! ¡Qué noche pasé, querida Rosalía! Es lo que no puede pintarse... Aparte del terror de que matasen a Gonzalo, otra cosa me encendía la sangre y me atirantaba los nervios...

-¿Los celos?- preguntó Rosalía con malicia gozosa.

-¿Quién lo duda? Figúrate que se venían a tierra todas mis ilusiones. Que Gonzalo no me quisiese, pase, y era mucho pasar; pero que quisiese a otra tanto, hasta abofetear a la gente, hasta jugarse la vida... Yo había estado soñando por lo visto... ¡soñando como una necia! Mi novio de los primeros años, mi oculto anhelo de siempre, ni se ocupaba de mí; por otra iba a cruzar la espada, por otra a quien secretamente también prefería... ¿Quién era aquella mujer? ¿De qué sílabas se componían su nombre y su apellido? ¿Soltera? ¿Casada? Casada, de seguro, cuando tal misterio la envolvía que Gonzalo se negaba a nombrarla... Y yo daba vueltas en la cama, y la almohada se impregnaba de lágrimas calientes... Entonces me parecía estúpida mi resignación, inconcebible, absurda mi obediencia, absurda mi boda; y apenas amaneció me fui derecha al dormitorio de mi madre, y me abracé a ella en tal estado de aflicción y de transtorno, que la pobrecilla (bien recordarás lo extremosa que era en quererme) me dijo así: "Pequeña, serénate... Voy a ver qué le ha sucedido al talabarte de mi sobrino... Si está herido, te prometo cuidarle como su propia madre le cuidaría..." Herido estaba, en efecto; pero no de gravedad; su adversario sí que se llevó una buena estocada, ¡que a no resbalar en una costilla...! Así que Gonzalo pudo salir -y fue muy pronto-, vino apresurado a dar las gracias a mamá. ¡Ay

Rosalía! ¡Qué impresión! Noté que me miraba.... vamos..., como otras veces, y a las primeras palabritas que deslizó estando los dos en el hueco de una ventana que daba al jardín... no lo pude remediar..., solté la pregunta difícil...: "¿Esa mujer por quien te has batido...?" Se puso encarnadísimo, lo cual me pareció mala señal, y contestó muy confuso y medio riendo: "¡Mujer!... Sí, ¡una mujer ha sido la causa!" Hice un movimiento para separarme, para huir (estaba furiosa, le hubiese pegado), y entonces él, con ese modo que tiene de decir las cosas, que no hay remedio sino creerle, exclamó: "Beatriz, no caviles... A mí no me ha dado en qué pensar, en cierto terreno y por cierto estilo, ninguna mujer, sino una.... ¡que tú conoces mucho...! ¡Ea! no te alteres, no pongas esa cara... Si no te burlas, te enteraré... El bárbaro a quien di una lección estaba injuriando..." "¿A quién?", pregunté con afán, al ver que Gonzalo se paraba. "A... a la Virgen María..." "¡ A la Virgen María!", repetí yo, atónita. "Justamente... Por mi honor que es verdad... Ya conozco que te parecerá raro... Por eso no permití que se divulgase; más vale que se figuren otra cosa; así, al menos, no se reirán de mí..., no me llamarán quijote..." "Pero tú..., Gonzalo.... tú.... entonces... Y mamá, que dice que tú.... que tus creencias", tartamudeé, temiendo asfixiarme de alegría. "¿Qué tienen que ver las creencias? -me replicó él casi con dureza-. La Virgen es una mujer..., y delante de quien tenga vergüenza y manos, a una mujer no se la ofende..."

Rosalía callaba sorprendida; Beatriz, conmovida, afectaba mirar hacia fuera, a los árboles despojados de hoja, finos como arborizaciones de ágata sobre el cielo puro.
-¿Y después, sin más, os casasteis?- interrogó la amiga con picardía y sorna.
-Sin más -respondió con energía Beatriz-. Mamá dijo que Gonzalo, a su manera, tenía religión, tenía una fe.., el honor, ¿sabes?, y que la Virgen haría lo que faltaba... y lo hizo, Rosalía. ¡Mi marido, cuando voy yo a misa.... no se queda ya a la puerta!

El palacio del rey de Magna estaba triste, muy triste, desde que un padecimiento extraño, incomprensible para los médicos, obligaba a la princesa Rosamor a no salir de sus habitaciones. Silencio glacial se extendía, como neblina gris, por las vastas galerías de arrogantes arcadas, y los salones revestidos de tapices, con altos techos de grandiosas pinturas, y el paso apresurado y solícito de los servidores, el andar respetuoso y contenido de los cortesanos, el golpe mate del cuento de las alabardas sobre las alfombras, las conversaciones en voz baja, susurrantes apenas, producían impresión peculiar de antecámara de enfermo grave. ¡Tenía el Rey una cara tan severa, un gesto tan desalentado e indiferente para los áulicos, hasta para los que antaño eran sus amigos y favoritos! ¿A qué luchar? ¡La princesa se moría de languidez... Nadie acertaba a salvarla, y la ciencia declaraba agotados sus recursos!

Una mañana llegó a la puerta del palacio cierto viejo de luenga barba y raída hopalanda color avellana seca, precedido de un borriquillo, cuyos lomos agobiaba enorme caja de madera ennegrecida. Intentaron los guardias desviar con aspereza al viejo y a su borriquillo pero titubearon al oír decir que en aquella caja tosca venían la salud y la vida de la princesa Rosamor. Y mientras se consultaban, irresolutos, dominados a pesar suyo por el aplomo y seguridad con que hablaba el viejo, un gallardo caballero desconocido, mozo y de buen talante, cuya toca de plumas rizaba el viento, cuya melena oscura caía densa y sedosa sobre un cuello moreno y erguido, se acercó a los guardias, y con la superioridad que prestan el rico traje y la bizarra apostura, les ordenó que dejasen pasar al anciano, si no querían ser responsables ante el Rey de la muerte de su hija; y los guardias, aterrados, se hicieron atrás, el anciano pasó, y el jumentillo hirió con sus cascos las sonoras losas de mármol del gran patio donde esperaban en fila las carrozas de los poderosos. En pos del viejo y el borriquillo, entró el mozo también.

Avisado el Rey de que abajo esperaba un hombre que aseguraba traer en un cajón la salud de la princesa, mandó que subiese al punto; porque los desesperados de un clavo ardiendo se agarran, y no se sabe nunca de qué lado lloverá la Providencia. Hubo entre los cortesanos cuchicheos y alguna sonrisa reprimida pronto, al ver subir a dos porteros abrumados bajo el peso de la enorme caja de madera, y detrás de ellos al viejo de la hopalanda avellana y al lindo hidalgo de suntuoso traje a quien nadie conocía; pero la curiosidad, más aguda que el sarcasmo, les devoraba el alma con sus dientecillos de ratón, y no tuvieron reposo hasta que el primer ministro, también algo alarmado por la novedad, les enteró de que la famosa caja del viejo sólo contenía un panorama, y que con enseñarle las vistas a la Princesa aquel singular curandero respondía de su alivio. En cuanto al mozo, era el ayudante encargado de colocarse detrás de una cortina sin ser visto, y hacer desfilar los cuadros por medio de un mecanismo original. Inútil me parece añadir que al saber en qué consistía el remedio, los cortesanos, sin perder el compás de la veneración monárquica, se burlaron suavemente y soltaron muy donosas pullas.

Entre tanto, instalábase el panorama en la cámara de la Princesa, la cual, desde el mismo sillón donde yacía recostada sobre pilas de almohadones, podía recrearse en aquellas vistas que, según el viejo continuaba afirmando terminantemente, habían de sanarla. Oculto e invisible, el galán hizo girar un manubrio, y empezaron a aparecer, sobre el fondo del inmenso paño extendido que cubría todo un lado de la cámara, y al través de amplio cristal, cuadros interesantísimos. Con una verdad y un relieve sorprendentes, desfilaron ante los ojos de la princesa las ciudades más magníficas, los monumentos más grandiosos y los paisajes más admirables de todo el mundo. En voz cascada, pero con suma elocuencia, explicaba el viejo los esplendores, verbigracia, de Roma, el Coliseo, las Termas, el Vaticano, el Foro; y tan pronto mostraba a la Princesa una naumaquia, con sus luchas de monstruos marinos y sus combates navales entre galeras incrustadas de marfil, como la hacía descender a las sombrías Catacumbas y presenciar el entierro de un mártir, depuesto en paz con su ampolla llena de sangre al lado. Desde los famosos pensiles de Semíramis y las colosales construcciones de Nabucodonosor, hasta los risueños valles de la Arcadia, donde en el fondo de un sagrado bosque centenario danzan las blancas ninfas en corro alrededor de un busto de Pan que enrama frondosa mata de hiedra; desde las nevadas cumbres de los Alpes hasta las voluptuosas ensenadas del golfo partenópeo, cuyas aguas penetran vueltas líquido zafiro bajo las bóvedas celestes de la gruta de azur, no hubo aspecto sublime de la historia, asombro de la naturaleza ni obra estupenda de la actividad humana que no se presentase ante los ojos de la princesa Rosamor -aquellos ojos grandes y soñadores, cercados de una mancha de livor sombrío, que delataba los estragos de la enfermedad-. Pero los ojos no se reanimaban; las mejillas no perdían su palidez de transparente cera; los labios seguían contraídos, olvidados de las son risas; las encías marchitas y blanquecinas hacían parecer amarilla la dentadura, y las manos afiladas continuaban ardiendo de fiebre o congeladas por el hielo mortal. Y el rey, furioso al ver defraudada una última esperanza, más viva cuanto más quimérica, juró enojadísimo que ahorcaría de muy alto al impostor del viejo, y ordenó que subiese el verdugo, provisto de ensebada soga, a la torre más eminente del palacio, para colgar de una almena. a vista de todos, al que le había engañado. Pero el viejo, tranquilo y hasta desdeñoso, pidió al rey un plazo breve; faltábale por enseñar a la princesa una vista, una sola de su panorama, y si después de contemplarla no se sentía mejor, que le ahorcasen enhorabuena, por torpe e ignorante. Condescendió el rey, no queriendo espantar aún la vana esperanza postrera, y se salió de la cámara, por no asistir al desengaño. Al cuarto de hora, no pudiendo contener la impaciencia, entró, y notó con transporte una singular variación en el aspecto de la enferma; sus ojos relucían; un ligero sonrosado teñía sus mejillas flacas; sus labios palpitaban enrojecidos, y su talle se enderezaba airoso como un junco. Parecía aquello un milagro, y el rey, en su enajenación, se arrancó del cuello una cadena de oro y la ofreció al viejo, que rehusó el presente. La única recompensa que pedía era que le dejasen continuar la cura de la princesa, sin condiciones ni obstáculos, ofreciendo terminarla en un mes. Y, loco de gozo, el rey se avino a todo, hasta a respetar el misterio de aquella vista prodigiosa que había empezado a devolver a su hija la salud.

No obstante -transcurrida una semana y confirmada la mejoría de la enferma, mejoría tan acentuada que ya la princesa había dejado su sillón, y, esbelta como un lirio, se paseaba por el aposento y las galerías próximas, ansiosa de respirar el aire, animada y sonriente-, anheló el rey saber qué octava maravilla del orbe, qué portentoso cuadro era aquel, cuya contemplación había resucitado a Rosamor moribunda. Y como la princesa, cubierta de rubor, se arrojase a sus pies suplicándole que no indagara su secreto, el Rey, cada vez más lleno de curiosidad, mandó que sin dilación se le hiciese contemplar la milagrosa última vista del panorama. ¡Oh, sorpresa inaudita! Lo que se apareció sobre el fondo del inmenso paño negro, al través del claro cristal, no fue ni más ni menos que el rostro de un hombre, joven y guapo, eso sí, pero que nada tenía de extraordinario ni de portentoso. El rostro sostenía con dulzura y pasión a la princesa, y ella pagaba la sonrisa con otra no menos tierna y extática... El rey reconoció al supuesto ayudante del médico, aquel mozo gallardo, y comprendió que, en vez de enseñar las vistas de su panorama, se enseñaba a sí propio, y sólo con este remedio había sanado el enfermo corazón y el espíritu contristado y abatido de la niña; y si alguna duda le quedase acerca de este punto, se la quitaría la misma Rosamor, al decirle confusa, temblorosa, y en voz baja, como quien pide anticipadamente perdón y aquiescencia:

-Padre, todos los monumentos y todas las bellezas del mundo no equivalen a la vista de un rostro amado...

Conocí en su vejez a un famoso calaverón que vivía solitario, y al parecer tranquilo, en una soberbia casa, cuidándose mucho y con un criado para cada dedo, porque la fortuna -caprichosa a fuer de mujer, diría algún escritor de esos que están tan seguros del sexo de la fortuna como yo del del mosquito que me crucificó esta noche- había dispuesto (sigo refiriéndome a la fortuna) que aquel perdulario derrochase primero su legítima, después la de sus hermanos, que murieron jóvenes, luego la de una tía solterona, y al cabo la de un tío opulento y chocho por su sobrino. Y, por último, volvieron a ponerle a flote el juego u otras granjerías que se ignoran, cuando ya había penetrado en su cabeza la noción de que es bueno conservar algo para los años tristes. Desde que mi calvatrueno (llamábase el Vizconde de Tresmes) llegó a persuadirse de que interesaba a su felicidad no morirse en el hospital, cuidó de su hacienda con la perseverancia del egoísmo, y no hubo capital mejor regido y conservado. Por eso, al tiempo que yo conocí al vizconde -poco antes de que un reuma al corazón se lo llevase al otro barrio- era un viejo rico, y su casa -desmintiendo la opinión del vulgo respecto a las viviendas de los solteros- modelo de pulcritud y orden elegante.

Miraba yo al vizconde con interés curioso, buscando en su fisonomía la historia íntima del terrible traga corazones, por quien habitaba un manicomio una duquesa, y una infanta de España habían estado a punto de echar a rodar el infantazgo y cuanto echar a rodar se puede. Si no supiese que veía al más refinado epicúreo, creería estar mirando los restos de un poeta, de un artista de uno de esos hombres que fascinan porque su acción dominadora no se limita a la materia, sino que subyuga la imaginación. Las nobles facciones de su rostro recordaban las del Volfango Goethe, no en su gloriosa ancianidad, sino más bien en la época del famoso viaje a Italia; es decir, lo que serían si Goethe, al envejecer, conservase las líneas de la juventud. Aquella finura de trazo; aquella boca un tanto carnosa; aquella nariz de vara delgada, de griega pureza en su hechura; aquellas cejas negrísimas, sutiles, de arco gentil, que acentúan la expresión de los vivos y profundos ojos; aquellas mejillas pálidas, duras, de grandes planos, como talladas en mármol, mejillas viriles, pues las redondas son de mujer o niño; aquel cuello largo, que destaca de los bien derribados hombros la altiva cabeza... todo esto, aunque en ruinas ya, subsistía aún, y a la vez el cuerpo delataba en sus proporciones justas, en su musculosa esbeltez, algo recogida como de gimnasta, la robustez de acero del hombre a quien los excesos ni rinden ni consumen. Verdad que estas singulares condiciones del vizconde las adivinaba yo por la aptitud que tengo para restar los estragos de la vejez y reconstruir a las personas tal cual fueron en sus mejores años.

Gustaba el vizconde de charlar conmigo, y a veces me refería lances de su azarosa vida, que no serían para contados, si él no supiese salvar los detalles escabrosos con exquisito aticismo, y cubrir la inverecundia del fondo con lo escogido de la forma. No obstante, en las narraciones del vizconde había algo que me sublevaba, y era la absoluta carencia de sentido moral, el cinismo frío, visible bajo la delicada corteza del lenguaje. Punzábame una curiosidad, y pensaba para mí: "¿Será posible que este hombre, que para sus semejantes ha sido no sólo inútil, sino dañino; que ha libado el jugo de todas las flores sacando miel para embriagarse de ella, aunque la destilase con sangre y lágrimas; este corsario, este negrero del amor, repito, será posible que no haya conservado nada vivo y sano bajo los tejidos marchitos por el libertinaje? ¿No tendrá un remordimiento, no habrá realizado un acto de abnegación, una obra de caridad?"

Un día me resolví a preguntárselo directamente.

-Porque al fin -le dije-, en las batallas que usted solía ganar haya muertos y heridos; solo que, como en las heridas de estilete, la hemorragia es interna, pues el honor manda callar y sucumbir en silencio. ¡Cuántos maridos, cuántos hermanos, cuántos padres (sin hablar de las propias víctimas) habrán ardido por culpa de usted en un infierno de vergüenza!

-¡Bah! No lo crea usted -respondía el Don Juan sin alterarse en lo más mínimo-. En estas cuestiones, los expertos somos un poquillo fatalistas. ¡Lo escrito se cumple! Y lo que yo, por escrúpulos más o menos justificados, desperdiciase, otro lo recogería, quizá con menos arte, tino y miramiento que yo. La pavía madura cuelga de la rama y va por instantes a desprenderse del tallo. El que pasa y la coge suavemente le ahorra el sonrojo de caer al suelo, de mancharse, de ser pisada...

Al ver que su extraño razonamiento me dejaba algo perplejo, el vizconde añadió:

-A pesar de todo, confieso que hice un acto de abnegación y que tengo un remordimiento...

Esperé, y el viejo, apoyando la barba en dos dedos de la mano izquierda, habló con lentitud y en tono menos irónico que de costumbre:

-Ha de saber usted que tuve una hermana que se casó y se murió casi en seguida (en mi casa todos murieron jóvenes y tísicos, excepto yo, que absorbí la fuerza que debía repartirse entre los demás). Mi cuñado, poco después, se cayó de un caballo y no sobrevivió a la caída. Quedó una niña, bonita como un serafín. Yo era su tutor, y aunque cuidé bien de su educación y de sus intereses, la veía poco, porque no me gustaban los chiquillos. Vino la pubertad, y entonces la criatura tomó formas menos angélicas y más apetecibles para los humanos. Y, cosa rara, si de chiquilla, al verme, se deshacía en fiestas y se volvía loca de gozo, ya de mujercita no parecía sino que la afligía mi presencia. y me acuerdo que hasta sufrió un síncope porque le di un beso paternal... Paternal (se lo afirmo a usted bajo palabra de honor), porque tenemos la tontería de figurarnos que los que conocimos niños no llegan nunca a personas mayores...

Con todo, ciertos errores pronto se disipan, y como los síntomas iban acentuándose, no tardé en conocer la índole de la enfermedad... La muchacha repito que era una hermosura. Le enseñaré a usted su retrato, y me dirá si exagero. Aparte de esto de la belleza, nunca vi mujer que más traspasada se mostrase. Rendida ya, vencida por fuerza superior a su albedrío, lejos de huirme me seguía y buscaba incesantemente, y se leía en sus ojos, en su voz y en sus menores acciones que era tan mía, tan mía, que podía yo marcarle en la frente la ese y el clavo. Mi edad era entonces la de las pasiones violentas; tenía treinta y ocho años...; pero ¡así y todo!...

-¿No se resolvió usted a coger la pavía?

-No era pavía, como usted verá -respondió el calaverón, frunciendo las cejas-. Lo que puedo decir a usted es que al comprender la realidad, huí de mi sobrina, viajé, y estuve ausente más de un año y al ver a mi regreso a la niña enferma de pasión y amartelada como nunca le hablé lo mismo que un padre, le pinté mi vida, y mi condición, y hasta mis vicios...

-Leña al fuego- interrumpí.

-¡Leña al fuego, sí, tal vez!... En fin; le dije redondamente que estaba resuelto a no casarme nunca; que no me casaría ni con Eugenia de Montijo, emperatriz de Francia...

-¿Y ella?

-Ella... Ella..., después de llorar y de ponerse más pálida y más roja y más temblorosa que una sentenciada.... acabó por decirme que..., soltero o casado, malo o bueno, rico o pobre...

-¡Comprendo!...

-Bien; pues yo..., no solo rehusé, desvié, contuve, sino que busqué marido, joven, guapo, bueno..., y con todo mi ascendiente, con mi mandato, lo hice aceptar...

¡Ya me parecía! -exclamé entusiasmado-. Una acción generosa, bonita! ¡Si no podía menos!

-Una acción detestable -repuso el vizconde cuyos labios temblaron ligeramente-. Así que se casó mi sobrina, se me cayeron a mi las escamas de los ojos, y me hice cargo de que me estaba muriendo por ella... Y la busqué, y la perseguí, y la asedié, y agoté los recursos, y sólo encontré repulsa, glacial desdén, rigor tan sistemático y tan perseverante, que me di por vencido, y me salieron las primeras canas...

-Vamos, la sobrinita se encontraba bien con el marido que usted eligió...

-Tan bien... -añadió el Don Juan sombriamente-, que a los seis meses mi sobrina enfermó de pasión de ánimo, y a los diez, en la agonía, me llamó para despedirse de mí y decirme al oído que.... ¡como siempre!

Tresmes bajó la cabeza y me pareció ver que una nube cruzaba por su frente olímpica.

-Ahí tiene usted -murmuró después de una pausa- mi remordimiento. Nadie debe salirse de su vocación, y la mía no era conducir a nadie al sendero del deber y de la virtud.

El empleado que despachaba los billetes en la taquilla de la estación del Norte no pudo reprimir un movimiento de sorpresa, cuando la infantil vocecica pronunció, en tono imperativo:

-¡Dos de primera.... a París!...

Acercando la cabeza cuanto lo permite el agujero del ventano, miró a su interlocutora y vio que era una morena de once o doce años, de ojos como tinteros, de tupida melena negra, vestida con rico y bien cortado ropón de franela inglesa, roja y luciendo un sobrerillo jockey de terciopelo granate que le sentaba a las mil maravillas. Agarrado de la mano traía la señorita a un caballerete que representaba la misma edad sobre poco más o menos, y también tenía trazas en su semblante y atavío de pertenecer a muy distinguida clase y muy acomodada familia. El chico parecía azorado; la niña, alegre, con nerviosa alegría. El empleado sonrió a la gentil pareja y murmuró como quien da algún paternal aviso:

-¿Directo o a la frontera? A la frontera... son ciento cincuenta pesetas, y...

-Ahí va dinero -contestó la intrépida señorita, alargando un abierto portamonedas.

El empleado volvió a sonreír, ya con marcada extrañeza y compasión, y advirtió:

-Aquí no tenemos bastante...

-¡Hay quince duros y tres pesetas! -exclamó la viajerilla.

-Pues no alcanza... Y para convencerse, pregunten ustedes a sus papás.

Al decir esto el empleado, vivo carmín tiñó hasta las orejas del galán, cuya mano no había soltado la damisela, y ésta, dando impaciente patada en el suelo, gritó:

-¡Bien..., pues entonces..., un billete más barato!

-¿Cómo más barato? ¿De segunda? ¿De tercera? ¿A una estación más próxima? ¿Escorial, Ávila...?

-¡Ávila... sí; Ávila.... justamente, Ávila...! -respondió con energía la del rojo balandrán.

Dudó el empleado un momento; al fin se encogió de hombros como el que dice: "¿A mí qué?, ya se desenredará este lío"; y tendió los dos billetes, devolviendo muy aligerado el portamonedas...

Sonó la campana de aviso; salieron los chicos disparados al andén; metiéronse en el primer vagón que vieron, sin pensar en buscar un departamento donde fuesen solos, y con gran asombro del turista británico que acomodaba en un rincón de la red su valija de cuero, al verse dentro del coche se agarraron de la cintura y rompieron a brincar...

¿Cómo principió aquella pasión devoradora, frenética, incendiaria? ¡Ah! Los orígenes primeros de lo grave y trascendental en nuestra vida son insignificantes menudencias, pequeñeces míseras, átomos morales que se asocian en un torbellino molecular, y a fuerza de dar vueltas y más vueltas sobre sí mismo, el torbellino se redondea, se solidifica, adquiere forma, toma la consistencia del diamante... No desconfiéis nunca en la vida de las cosas grandes que se presentan con imponente aparato; esas ya avisan, y hay medio de precaverse; temed a las tentaciones menudas, a los peligros sutiles e insidiosos. Toda la teoría de los microbios, hoy admitida, ¿qué es sino demostración de la importancia capital de lo infinitamente pequeño?

La pasión empezó, pues, del modo más sencillo, más inocente y más bobo... Empezó por una manía... Ambos eran coleccionistas. ¿De qué? Ya lo podéis presumir vosotros, los que frisáis en la edad de mis héroes. La afición a coleccionar suele desarrollarse entre los cuarenta y los sesenta; apenas he visto un bibliómano joven, y las tiendas de los chamarileros son más frecuentadas por señoras respetables que por alegres mozos. Hay, sin embargo, una excepción a esta regla general, y es la chifladura por reunir sellos de correos. Sin que yo niegue que pueden padecerla muy graves personajes, la verdad es que el período en que suele hacer estragos es la etapa comprendida entre los diez y los quince. Y en ese lustro auroral que separa la edad del trompo y la cuerda de la edad del pavo, vivían mis dos enamorados fugitivos del tren.

Ya se ha dicho que su galeoto, el libro de Lanzarote y Ginebra donde bebieron la ponzoña amorosa, fue el coleccionismo, la manía de la filatelia, común a entrambos. El papá de Serafina, vulgo Finita, y la mamá de Francisco, vulgo Currín, se trataban poco; ni siquiera se visitaban, a pesar de vivir en la misma opulenta casa del barrio de Salamanca; en el principal, el papá de Finita, y en el segundo, la mamá de Currín. Currín y Finita, en cambio, se encontraban muy a menudo en la escalera, cuando él iba a clase y ella salía para su colegio; pero, valga la verdad ni habrían reparado el uno en el otro si no fuera porque cierta mañana, al bajar las escaleras, Currín notó que Finita llevaba bajo el brazo un objeto, un libro encuadernado en tafilete rojo.... ¡libro tantas veces codiciado y soñado por él! "¡Mamá me debía haber comprado uno así, carambita! En cuanto me examine y saque nota, ya me lo está comprando. ¡No faltaba más! El mío es una porquería... " De esto a rogar a Finita que le enseñase el magnífico álbum de sellos mediaba un paso. Finita, en el mismo descanso de la escalera, accedió a los ruegos de Currín; pusieron el álbum sobre la repisa de la ventana, y se dieron a hojearlo con vivacidad.

-Esta página es del Perú... Mira los de las islas Hawai... Tengo la colección completa...

Y desfilaban los minúsculos y artísticos grabaditos con que cada nación marca y autoriza su correspondencia; los aristocráticos perfiles de las dinastías sajonas, que se desdeñan de mirarnos a la cara, y las burguesas y honradas fisonomías de los presidentes de Estados americanos, siempre de frente; la República francesa, con sus dos airosas figuras que se dan la mano, y el reyecillo español, con su redonda cabeza de bebé; los sellos chinos y su dragón; los turcos y su cimitarra; don Carlos, recuerdos de nuestras vicisitudes políticas, y don Amadeo, efímera memoria de la misma agitada época; los preciosos sellos de Terranova, con la testa entonces ideal del príncipe de Gales, y los fastuosos sellos de las colonias británicas, en que la abuelita Victoria aparece oficiando de emperatriz... Currín se embelesaba y chillaba de cuando en cuando, dando brincos:

-¡Ay! ¡Ay! ¡Caracoles, qué bonito! Esto no lo tengo yo...

Por fin, al llegar a uno muy raro, el de la República de Liberia, no pudo contenerse:

-¿Me lo das?

-Toma -respondió con expansión Finita.

-Gracias, hermosa -contestó el galán.

Y como Finita, al oír el requiebro, se pusiese del color de la cubierta de su álbum, Currín reparó en que Finita era muy mona, sobre todo así, colorada de placer y con los negros ojos brillantes, rebosando alegría.

-¿Sabes que te he de decir una cosa? -murmuró el chico.

-Anda, dímela.

-Hoy no.

La doncella francesa que acompañaba a Finita al colegio había mostrado hasta aquel instante risueña tolerancia con la digresión filatélica; pero parecióle que se prolongaba mucho, y pronunció un mademoiselle, s'il vous plait, que significaba: "Hay que ir al colegio rabiando o cantando, conque..., una buena resolución."

Currín se quedó admirando su sello... y pensando en Finita. Era Currín un chico dulce de carácter, no muy travieso, aficionado a los dramas tristes, a las novelas de aventuras extraordinarias y a leer versos y aprendérselos de memoria. Siempre estaba pensando que le había de suceder algo raro y maravilloso; de noche soñaba mucho y, con cosas del otro mundo o con algo procedente de sus lecturas. Desde que coleccionaba sellos soñaba también con viajes de circunnavegación y países desconocidos, a lo cual contribuía mucho el ser decidido admirador de Julio Verne... Aquella noche realizó dormido una excursioncita breve... a Terranova, al país de los sellos hermosos. Mejor dicho, no era excursión, sino instantánea traslación; y en una playa orlada de monolitos de hielo, que alumbraba una aurora boreal, Finita y él se paseaban muy serios, cogidos del brazo...

Al otro día, nuevo encuentro en la escalera. Currín llevaba duplicados de sellos para obsequiar a Finita. En cuanto la dama vio al galán, sonrió y se acercó con misterio:

-Aquí te traigo esto... -balbució él. Finita puso un dedo sobre los labios, como para indicar al chico que se recatase de la francesa; pero costándole a Currín que no había en el obsequio de los sellos malicia alguna, fue muy resuelto a entregarlos. Finita se quedó, al parecer, algo chafada; sin duda, esperaba otra cosa, misteriosa, ilícita, y llegándose vivamente a Currín, le dijo entre dientes:

-¿Y... aquello?

-¿Aquello?...

-Lo que me ibas a decir ayer...

Currín suspiró, se miró a las botas y salió con esta pata de gallo:

-Si no era nada...

-¡Cómo nada! -articuló Finita, furiosa-. ¡Pareces memo de la cabeza! Nada, ¿eh?

Y el muchacho, dando tormento al rey Leopoldo de Bélgica, que apretaba entre sus dedos se puso muy cerquita del oído de la niña, y murmuró suavemente:

-Sí, era algo... Quería decirte que eres... ¡más guapita!

Y espantado de su osadía echó a correr escalera abajo, y del portal salió en volandas a la calle.

Al otro día Currín escribió unos versos (poseo el original) en que decía a su tormento:

Nace el amor de la nada;
de una mirada tranquila;
al girar de una pupila
se halla un alma enamorada...

Endeblillos y todo, graves autores aseguran que Currín los sacó de un libro que le prestó un compañero... Mas ¿qué importa? El caso es que Currín se sentía como lo pintaban los versos: enamorado, atrozmente enamorado... No pensaba más que en Finita; se sacaba la raya esmeradamente, se compró una corbata nueva y suspiraba a solas.

Al fin de la semana eran novios en regla. La doncella francesa cerraba los ojos... o no veía, creyendo buenamente que de sellos se hablaba allí, y aprovechaba el ratito charlando también de lo que le parecía con su compatriota el cocinero...

Cierta tarde creyó el portero que soñaba, y se frotó los ojos. ¿No era aquélla la señorita Serafina, que pasaba sola, con un saquillo de piel al brazo? ¿Y no era aquel que iba detrás el señorito Currín? ¿Y no se subían los dos a un coche de punto, que salía echando diablos? "¡Jesús, María y José! ¡Pero cómo están los tiempos y las costumbres! ¿Y adónde irán? ¿Aviso o no aviso a los padres? ¿Qué hace en este apuro un hombre de bien? ¿Me recibirán con cajas destempladas.... o caerá una propinaza de las gordas?"

-Oye, tú -decía Finita a Currín, apenas el tren se puso en marcha-: Avila ¿cómo es? ¿Muy grande? ¿Bonita lo mismo que París?

-No... -respondió Currín con cierto escepticismo amargo-. Debe de ser un pueblo de pesca.

-Pues entonces..., no conviene quedarse allí. Hay que seguir a París. Yo quiero ver a París a todo trance; y también quiero ver las Pirámides de Egipto.

-Sí... -murmuró Currín, por cuya boca hablaban el buen sentido y la realidad-, pero.... ¿y los monises?

-¿Los monises? -contestó, remedándole, Finita-. Eres más bobo que el que asó la manteca. ¡Se pide prestado!

-¿Y a quién?

-¡A cualquiera!

-¿Y si no nos lo quieren dar?

-¿Y por qué no, melón de arroba? Yo tengo reloj que empeñar. Tú también. Empeño, además, el abrigo nuevo; me va asando de calor. No sirves para nada... ¡Escribimos a papás que nos envíen... un..., un bono.... no, una letra! Papá las está mandando cada día a París y a todas partes.

-Tu papá estará echando chispas... ¡Nos mandará un demontre!... Como mi mamá... ¡La hicimos, Finita!... No sé qué será de nosotros.

-Pues se empeña el reloj, y en paz... ¡Ay! ¡Lo que nos divertiremos en Avila! Me llevarás al café.... y al teatro.... y al paseo...

Cuando oyeron cantar: "¡Avila! ¡Veinticinco minutos!...", saltaron del tren; pero al sentar el pie en el andén se quedaron indecisos, aturrullados. La gente salía, se atropellaban hacia la fonda, y los enamorados no sabían qué hacer.

-¿Por dónde se va a Avila? -preguntó Currín a un faquino, que viendo a dos niños sin equipaje se encogió de hombros y se alejó.

Por instinto se encaminaron a una puerta, entregaron sus billetes y, asediados por un solícito mozo de fonda, se metieron en el coche, que los llevó a la del Inglés...

Acababa de recibir el señor gobernador de Avila telegrama de Madrid "interesando la captura" de la apasionada pareja. Era urgentísimo el aviso, y delataba la congoja de una familia sumida en la angustia y la desesperación. Mejor dicho, dos familias debían de ser las desesperadas. La captura se verificó en toda regla, no sin risa por un lado y declamaciones lo que "cunde la inmoralidad", por otro.

Los fugitivos fueron llevados a Madrid, y acto continuo, Finita quedó internada en las Dames anglaises y Currín en un colegio de donde no se le permitió salir en un año, ni aun los domingos. Con motivo del trágico suceso, el papá de Finita y la mamá de Currín se relacionaron y conferenciaron largo y tendido, quedando acordes en que era preciso "echar tierra", "desorientar la opinión...", "hacer la conspiración del silencio". Con tal motivo el papá de Finita reparó en lo bien conservada que estaba la mamá de Currín, y ésta notó en el banquero excelentes condiciones de hombre práctico en los negocios y de caballero galán con las damas. Su amistad se consolidó, y hay quien cree que se visitan a menudo. No se presume, sin embargo, que jamás se hayan escapado juntos... ¿Para qué?

Lo que voy a contar no lo he inventado. Si lo hubiese inventado alguien, si no fuese la exacta verdad, digo que bien inventado estaría; pero también me corresponde declarar que lo he oído referir... Lo cual disminuye muchísimo el mérito de este relato y obliga a suponer que mi fantasía no es tan fértil y brillante como se ha solido suponer en momentos de benevolencia.

¿Eres tímido, oh tú, que me lees? Porque la timidez es uno de los martirios ridículos; nos pone en berlina, nos amarra a banco duro. La timidez es un dogal a la garganta, una piedra al pescuezo, una camisa de plomo sobre los hombros, una cadena a las muñecas, unos grillos a los pies... Y el puro género de timidez no es el que procede de modestia, de recelo por insuficiencia de facultades. Hay otro más terrible: la timidez por exceso de emoción; la timidez del enamorado ante su amada, del fanático ante su ídolo.

De un enamorado se trata en este cuento, y tan enamorado. que no sé si nunca Romeo el veronés, Marsilla el turolense o Macías el galaico lo estuvieron con mayor vehemencia.

No envidiéis nunca a esta clase de locos. A los que mucho amaron se los podrá perdonar y compadecer; pero envidiarlos, sería no conocer la vida. Son más desventurados que el mendigo que pide limosna; más que el sentenciado que, en su cárcel cuenta las horas que le quedan de vida horrible... Son desventurados porque tiene dislocada el alma, y les duele a cada movimiento...

Doble su desdichada si la acompaña el suplicio de la timidez. Y la timidez, en bastantes casos, se cura con la confianza; pero la hay crónica e invencible. La hay en maridos que llevan veinte años de unión conyugal y no se han acostumbrado a tener franqueza con sus mujeres; en mujeres que, viviendo con un hombre en la mayor intimidad, no se acercan a él sin temor y temblor... Generalmente, sin embargo, se presenta el fenómeno durante ese período en que el amor, sin fueros y sin gallardías, se estremece ante un gesto o una palabra... Y éste era el caso de Agustín Oriol, perdidamente esclavo de la coquetuela y encantadora condesa viuda de Dolfos.

Dícese que una viuda es más fácil de galantear que una soltera; pero en estas cuestiones tan peliagudas, yo digo que no hay reglas ni axiomas. Cada persona difiere o por su carácter o por el mismo exceso de su apasionamiento.

Agustín sentía, al acercarse a la condesa, todos los síntomas de la timidez enfermiza, y mientras a solas preparaba declaraciones abrasadoras, discursos perfectamente hilados y tan persuasivos que ablandarían las piedras, lo cierto es que en presencia de su diosa no sabía despegar los labios; su garganta no formaba sonidos, ni su pensamiento coordinaba ideas... Todos reconocerán que este estado tiene poco de agradable, y que Agustín no era dichoso, ni mucho menos.

Vanamente apelaba a su razón para vencer aquella timidez estúpida... Su razón le decía que él, Agustín Oriol de Lopardo, caballero por los cuatro costados, joven con hacienda, inteligencia y aptitudes para abrirse camino, era un excelente candidato a la mano de cualquiera mujer, por bonita y encopetada que se la suponga... ¿Por qué no había de quererle la condesa? ¿Por qué, vamos a ver, por qué? Él debía acercarse a ella ufano, arrogante, seguro de su victoria. Y todas las noches, al retirarse a su casa, se lo proponía..., y al día siguiente procedía lo mismo que el anterior. Se insultaba a sí mismo; se trataba de menguado, de necio, pero no podía vencerse... No podía, y no podía.

De modo que, al año próximamente de un enamoramiento tan intenso que le ocasionaba trastornos cardíacos, violentos hasta el síncope, Agustín no había cruzado aún palabra, lo que se dice palabra, con su idolatrada viuda. Iba a todas partes donde podía encontrarse con ella, pasaba muchas veces por debajo de sus balcones, se trasladaba a San Sebastián el mismo día que ella y en el mismo tren..., y aún ignoraría el sonido de su voz si no hubiese prestado ansioso oído a las conversaciones que ella sostenía con otras personas...

Por fin, un día -precisamente en San Sebastián- presentose rodada la ocasión de romper el hielo. Fue en la terraza del Casino, a la hora en que una muchedumbre elegantemente ataviada respira el aire y escucha o, por mejor decir, no escucha la música, sino las infinitas charlas, que hacen otro rumor más contenido y más suave, como de colmena. Agustín estaba muy próximo a su amada, y devoraba con los ojos el perfil fino, asomando bajo el sombrero todo empenachado de plumas. Ella le observaba de reojo, y viéndole tan cerca, de pronto sintió impulsos de dirigirle la palabra. No era correcto, no era serio, no era propio de una señora...

Bueno. Por encima de las fórmulas sociales están las circunstancias, ¡y ay de estas irregularidades que todo el mundo comete, cuando a ello le empuja un fuerte estímulo!...

La viudita no podía menos de haber notado aquella adoración profunda, continua que la rodeaba como el cuerpo astral al cuerpo visible, y sentía una curiosidad femenil, ardorosa, el afán de saber qué diría aquel adorador mudo, que la bebía y la respiraba. Resuelta, con sonriente afabilidad, con un alarde infantil que disimulaba lo aturdido del procedimiento, exclamó:

-¡Qué noche tan hermosa! ¿Verdad que es una delicia?

Agustín sintió como si campanas doblasen en su cerebro, no sabía si a muerte o si a gloria; su sangre giró de súbito, sus oídos zumbaron.... y con tartajosa lengua, con voz imposible de reconocer, con un acento ronco y balbuciente, soltó esta frase:

-¡Sí.... señor! ¡Sí..., señor!

Fue como si otro hubiese hablado... Un individuo zumbón, dentro de Agustín, se reía sardónico, se mofaba de la extravagante respuesta... ¡Acababa de llamar "señor" a la única mujer que para él existía en el mundo! ¡No se le había ocurrido sino tal inepcia! Y ahora, con la lengua seca y el corazón inundado de bochorno, tampoco se le ocurría más. ¡Qué había de ocurrírsele! La terraza daba vueltas, el suelo huía bajo sus pies... Exhaló un gemido ronco, se llevó las manos a la cabeza y, levantándose, tambaleándose, huyó sin volver la vista atrás. Aquella noche pensó varias veces en el suicidio.

A la mañana siguiente, sintiéndose incapaz de presentarse de nuevo ante la que ya debía despreciarle, salió para Francia en el primer tren. Estuvo ausente muchos años. En ellos no volvió a saber de su adorada. Un día leyó en un periódico que se había casado. Todavía la noticia le causó grave pena. Después lentamente, fue olvidando, nunca del todo.

Habían corrido cerca de cuatro lustros. Las canas rafagueaban el negro cabello de Agustín, cuando en uno de sus viajes entró una señora con dos señoritas en el mismo departamento. Agustín la reconoció.... y aún su corazón (del cual padecía) le avisó de que era ella; muy cambiada, muy envejecida, pero ella.

¿Fue reconocido Agustín? No se sabe. Lo cierto es que se trabó conversación entre ambos viajeros, y que esta vez no habiendo el estorbo de un amor tan insensato, Agustín charló sin recelo, y las horas corrieron sin sentir. La viajera habló de su juventud, y murmuró confidencialmente:

-De cuantos homenajes han podido tributarme, el que más agradecí, porque era el más sincero, consistió en que un joven, que me seguía como mi sombra, me contestase, al dirigirle yo por primera vez la palabra: "Sí, señor..." ¿Comprende usted? Era tal su aturdimiento, que no acertó a decir otra cosa... Los requiebros más entusiastas no pueden halagar tanto a una mujer como una turbación, que sólo puede interpretarse como señal de pasión verdadera...
-¿De modo... que usted no se rió de aquel hombre? -preguntó Agustín.

-Al contrario... -respondió la señora, con acento en que parecía temblar una lágrima.